わが百味真髄

檀　一雄

中央公論新社

目次

まえがき 9

春

七種ガユ、アズキガユの故事来歴 14
イノシシを喰ったフランス美女 20
「金瓶梅」に書かれたスタミナ料理 26
天国へ誘うフグのウインク 32
わが身辺に低廉の佳肴あり 38
自家製のニューヨークの味 44
タコ、イカ熱愛の国民性 50
竹輪、カマボコは一卵性双生児 56

ニゴリザケ濁れる飲みて…… 61
銀座の女なみにお高いエビ 67
たまには果物の話もしよう 73
春まぢかい雪の夜のサクラ鍋 79
雪の下萌えの山菜の野趣 85
わが思い出の若芽苅り 91
渇シテモ盗泉ノ水ハ飲マズ 96

夏

砂丘のほとりの味と匂い 102
太宰治に喰わせたかった梅雨の味 106
タライ乗りのジュンサイ摘み 111
新しい茸は命懸けで喰うべし 116
月明・数珠の子釣りの痛快 122
浴衣の女を想わせるホヤの匂い 128
ウオトカに酔う放埒無残の旅 133

便器で料理をつくるダンラン亭　138
廃絶させるには惜しい夏の味二つ　143
火野葦平とアメリカのビフテキ　149
海水浴場の景物アメ湯追憶　155
ダンシチューと中村遊廓　161

秋

信越国境に新ソバの妙味を訪ねる　168
名歌手に囲まれ「サボイ」の夜は佳なり　174
スッポン欠乏で欲求不満　180
佐藤春夫邸の鮭の「飯ずし」　185
菊の季節の横行将軍—蟹談義　190
鍋物で味わうマイホームの幸せ　196
報道班仲間と堪能した中国の美味　201
青バナ垂らしたカキの快味　206
禁鳥ツグミの味　212

冬

雪間近い北国の香魚・玄魚　220
ジネンジョは美しい処女の素肌　226
晩秋の美味、高砂のアナゴ　231
トーマス・マンが書いたドイツ鯉コク　237
天下の美女、アンコウをぶった切る　243
ジンギスカンの末裔になってみよう　249
わが家の年越しソバ異変　255

父の料理　檀太郎　261

索引　269

わが百味真髄

まえがき

一年三百六十五日、暇さえあれば、(いや暇がなくても) 私は、台所に入りびたって、こっそりと、料理をつくっている。

その材料の買出しは、もちろんのことだ。夕方の御馳走。酒のサカナ。友人の饗応。夜食の支度……等々……。

いやはや、小さな料理店、そこのけの有様で、坂口安吾さんは、いつだったか、

「檀君が料理をやらかすのは、あれで発狂を防いでいるようなもんだから、せいぜい御馳走をつくって、人を喜ばせるんだね……」

などと言っていた。はたして、人を喜ばせているのだか、どうだか。

いつだったかは、あやしい山ゴボウの味噌漬をつくって、一家心中になりかかったり……、女房だの、友人だの、センセンキョウキョウ、もしかしたら、ダンが料理さえ、つくってくれなかったら、とひそかに神かけて祈っているかもわからない。

どうだって、よろしい。

おそらく死ぬまで、自分で喰べるものは、自分でつくることをやめないだろう。
しかし、いったい、どうして、自分で喰べるものは、一切、自分でつくるようなことになったのだろう？

その原因は、実に簡単だ。その原因は、私がまだ数え年十歳にもならない少年の頃、誰も、私に、私の喰べるものなどを、つくってくれようとするものがなかったからだ。

いや、私をカシラに、まだ小学校にも入らぬ三人の妹達がいて、この四人が、餓えるわけにゆかなかったからだ。

実は私の生母が、私の数え年十歳の秋に、突然家出をしたからである。オヤジは、年少の時から、箸のあげおろしさえ知らないような田舎地主の息子であり、その就職先の学校の町のことだから、自分で魚や野菜の買出しなど出来るわけがなく、郷里は遠いから、祖母や女中があわてて、かけつけてくるわけにもゆかず、結局、しばらくは仕出屋の弁当を取っていたが、オヤジはそれでがまん出来たにせよ、小さい妹達は、半分餓えるようなものだ。

この時から、私の料理つくりがはじまった。と言うより、自分で喰べるものは、自分でつくる流儀の生活がはじまった。

すると、これほど安心で、これほど愉快で、これほど確実に喰える生活と言うものもないものだ。山のワラビ、ユリの根、キノコ、山の芋……等。すこしく山中をうろついただけでも、口にうまい数々の食物の原料が地に満ちていることを教えられた。

長ずるに及んで、私の放浪癖は、私の、自分で喰べるものは自分でつくる流儀の生活をいっそう助長したし、また反対に、私の、自分で喰べるものは自分でつくる流儀の生活が、私の放浪癖を尚更に助長した。

□

しかし、思うに、人間が動物の間から立ちあがって、きわだった体格と智能の優位をかたちづくってきた、そのもっとも素朴で重大な原因は、われわれ人間が、雑食の限りをつくし、料理の枠をこらしたということにあるだろう。

地上ことごとくのものを喰いつくしてやまないような、ドンラン、好奇、の舌と勇気をもって、ありとあらゆる動植物から菌の類に至るまでを自分の餌食として征服し、それを煮たきし、焼き、醱酵させ、塩蔵し、土蔵し、調理し、その経験を語りつぐばかりか、自分らの味覚そのものさえをも大幅に拡大改変していったということにあるだろう。

その子孫の体格と知能を雄偉な人間の方にねじ向けたい祈願があったなら、その母は、力を尽して、この地上の飲食のありようを学び取らねばならない筈だ。

料理はインスタントのウドンかラーメンかをその子供に啜《すす》り込ませ、母の会か何かに出かけていって、ペチャクチャペチャクチャ、その子のシツケや、知能指数のありようなど喋りまわっている女達は、亡国の子孫をつくっているだけのものである。

料理はインスタントでよろしく、それより自分の時間の方がもったいないなどと言っている女性方よ。

よろしい、ことごとく、この地上の、もっとも、愉快な、またもっともみのりのゆたかな、飲食《おんじき》のことは、男性が引受けてしまうことにしよう。

そうして、女性は、日ごとに娼婦化し、日ごとに労働者化してしまうがよろしいだろう。

春

七種ガユ、アズキガユの故事来歴

正月からカユの話じゃ意気あがらねえやなどと読者からボヤかれそうな気がするが、古来、正月七日や十五日は、七種《ななくさ》ガユだの、赤小豆《あずき》ガユだの、必ずつくって喰べたものだから、現代のカッコいい青年男女諸君も、一年に一度ぐらい、カユのことを思い出してみたって、悪くはないだろう。

敗戦の年の正月前後の頃は、筆者は中国の湘桂《しょうけい》公路を西に向かって歩いていた。つまり衡陽から、零陵を抜けて、桂林、柳州に向かって、路上の死体を踏み分けながら歩いていたわけで、今でもフッと、その路上に横たわっている中国兵の死体の足の、筍《たけのこ》の皮のように几帳面に巻きつけた、巻き脚絆《きゃはん》の恰好を思い出すことがある。

日本兵の巻き脚絆は、足の形のとおり、足首のところでだんだん細るように巻いているのに、中国兵の巻き脚絆は、足首のあたりになにかを下巻きでもしているのか、かえって、下太りに巻きつけてあった。いや、それとも、死体が腐爛《ふらん》してくると、骨に巻き脚絆がからみついているだけだから、そんなふうに見えたのかもわからない。

茘浦《れいほ》から先は、広西省に特有の、それこそ筍のようにそそり立つ不思議な山であり、その山合いを縫って歩くと、そこここに中国兵の死体が横たわっており、ようやく、兵站《へいたん》の町にたどりついて、飯盒《はんごう》一杯のメシを貰い受けるわけだが、いやいや、メシではない、カユでもない、飯盒一杯の水の中に、なん十粒かの米が浮かんだ不思議なトギ汁のようなものだった。

私は中国兵の死体が足に巻きつけている巻き脚絆のことを思い出しながら、その不思議なトギ汁をすするのだが、「ああ、昔すすっていたあのほんとうのカユを喰ってみたい！」と、喉《のど》の奥から手の出るような、はげしい饑渇を感じたものだ。米のメシを喰ってみたいだのと、そんな突飛な想像など、湧きやしない。ほんとうのカユをすすってみたいだけの、猛烈な妄想にかられるだけであった。

さて、そのカユだが、米をカシグからカシギユのつまったものだろうとか、濃湯《こゆ》のコがカに転訛《てんか》してカユになったそうだとか、さまざまの説がある。

もともと、上代の日本では、米はコシキに入れて蒸して喰べたもので、つまりコワイイであり、今でいったらオコワの類いだ。現在のように水を加えて煮たメシのことは、カタガユといったらしく、現在のカユのように汁をいっぱいにしてたき上げるものを、シルガユといったようだ。

カユは白ガユ、茶ガユ等、主として関西のほうで好んで喰べる。「奈良茶ガユ」などがそのよい例だ。

というのは、関東ではメシを朝ダキする風習があり、関西では昼ダキする風習があったから、その名残りだろうといわれている。

だから、関西では、朝ごとに茶ガユといって、きのうの茶を煮かえし、きのうの残りメシをその中に入れ、塩味のカユにして喰《い》ったわけで、これを入れ茶ガユといった。

もう少し手の込んだ茶ガユになってくると、大和の揚《あ》げ茶ガユといって、白米をザッと一洗いし、これを煎茶の煎じ出したものに水を加えながら、煮る。米のシンが取れた頃合いを見はからって、すかさず、桶の上にのせたザルの中に全部をあける。シンの取れた米はザルに残り、茶の湯は桶にたまることになるわけだろう。そこで、茶碗の中にそれぞれに、今しがた煮えたメシを入れ、茶の湯をもう一度しっかりとたぎらせて、メシの上にたっぷりかけて喰べるのだが、ふつうの茶ガユのようにべたつかず、軽やかで、サラサラと、喉元に流れ込むのである。

佐賀も茶ガユのおいしいところだが、やっぱり、この流儀のようだ。

さて、太閤秀吉は、少年時代に喰いなれた「割りガユ」を後々までたいそう愛好したということだ。割りガユというのは玄米の、ひき割れたものをトロトロと煮込んだカユである。ロシアなら、さしずめソバのカーシャというところだが、その秀吉が、あるとき、高野山に参籠《さんろう》した。

「割りガユを持って来い」

という。やがてその割りガユが運ばれたから、秀吉は大喜びで、

「よく割り米を運んできてくれた」

とその料理人の才覚をほめそやしたが、実は割り米を持ってこなかった。そこで、猫の手をでもかりるようにして、大勢呼び集め、みんながマナ板の上で、玄米をこまかに刻み、わざわざ割りガユをつくったのである。

あとで秀吉がその事情を聞いて、たちまち、カンシャク玉を破裂させ、

「ないなら、ないといえ。あたりまえのカユでいっこうに構わんじゃないか。オレの力でなら、一粒一粒、米をけずらせて喰うことだってできんことはないが、そんなバカなオゴリはしたくないからだ」

と怒鳴ったという話である。

□

ところで、一月七日に喰べる七種のカユはやっぱり、なつかしいものだ。時季が旧正月の頃なら、それこそ、ひっそりと初春の若葉が萌え出しているだろうけれども、今の一月七日では少々無理だろう。

その昔は、万病を除くといって、一月七日には、セリ、ナズナ、ゴギョウ、ハコベラ、ホトケノザ、スズナ、スズシロを喰べたものだが、しかし、今日では、その土地土地によ

って七種はさまざまで、セリであったり、タラの芽であったり、ナズナであったり、ニンジン、ゴボウ、栗、大根、串柿などと種々雑多だが、とにもかくにも、初春の野山の匂いと幸をカユにたき入れて喰べる。

もとのおこりは、「ネビキノマツ」というとおり、一月のはじめの「子《ね》」の日に野山に出て、小松をひきぬいては遊び、若菜をつんで、ゾウスイにして喰べた習慣の名残りでもあろうといわれている。

その昔は、七日の七種ガユ、十五日の赤小豆ガユがまだハッキリと分離しておらず、たとえば七種ガユの材料として、コメ、アワ、キビ、ミノゴメ、ヒエ、ゴマ、アズキであったり、コメ、アワ、キビ、ダイズ、アズキ、セリ、イモであったり、コメ、アワ、ダイズ、アズキ、カキ、セリ、ササゲであったりして、七日にも十五日にも食べたらしい。

一月の十五日は、上元である。

たとえば、そこらマイホームの奥さん方が、涙をしぼって、お中元の贈り物だなどと、配って歩くのは、七月十五日の中元であって、だから、下元というのももちろんあり、十月十五日だ。

この三元の日は、自分の罪過をあやまり、福徳をあがめるによろしい日だというので、そこで、涙をしぼって、部長のところへ、極上のウイスキーを届けたりするわけだが、上元のほうはだんだんと省略するようになった。

上元の日には、まだ古い習慣を大事にする人は、アズキのカユをたいて、罪過をつぐなう気持ちになるのである。

いずれにせよ、七日には七種のカユをたき、十五日にはアズキのカユなどたいて、そのカユの中にカユ柱などを入れて喜ぶ風習は残したいものである。

カユ柱とはお餅のことである。

話がすこしややこしくなってきた。そこで、草野心平流儀のおいしいカユのつくり方でも披露して、モノグサ亭主に日曜料理の至極簡単な一品を教えることにしよう。

心平さんは広東の嶺南《れいなん》大学というところの落第生だから、きっとその頃おぼえたカユに違いない。

コップ一杯の米を大鍋に入れる。つづいてコップ十五杯の水を入れる。さらにコップ一杯の極上のゴマ油を入れる。塩をほんの一つまみ。さてこの大鍋の中身を、トロトロトロトロ二時間ばかり煮るだけだ。洗う手間もなにも要らない。でき上がったカユがまずかったら、心平さんが落第したせいだと思いなさい。

イノシシを喰ったフランス美女

もう八年ばかりのむかしになるが、友人たち四、五人と、三台の自動車をつらねて、九州を半周したことがある。

年の暮れの十二月二十八日から出発して、南九州を一巡し、一月七日の鷽《うそ》替え（幸運を招く神事）の夕方、太宰府に到着するという痛快な旅であったから、同行の一人、榎本順次郎というオッチョコチョイの九州男児は、あやうくその奥さんから、離縁されそうな目にあった。

一行には、またコレット嬢というフランス美人も加わっていたが、現在では早稲田大学の仏文学の講師になってしまって、嬢ではなく、堂々たる夫人である。

当時は、現在の夫、ムッシュ・ユゲを慕ってはるばる日本にやってきた瞬間であったから、まだオトメさびて、楚々たるフランス美人であった。

しかし、口のほうは、その頃から相当にシンラツで、ガタガタ道の悪路にさしかかってくると、

「またまた、ダン道路になりました」

機動兵団長の元帥に向かって、不逞の言辞をヌカす。いい道になってくると、

「ハイ。コレット道路でございます」

には、あきれかえったものだ。

今では考えられないことだが、八年むかしは、国道三号線はもとよりのこと、高森から高千穂に抜ける道だの、耳津から宮崎に抜ける道など、まったく泣き出したくなるようなダン道路であった。

さて、道の話を書いているのではない。イノシシの話である。

三キロ余りもあるかと思われるイノシシの肉の大きなカタマリを、宮崎に着いた大晦日の晩に、さる鉄砲趣味のしるべからもらい受けたのである。

やっぱり、日本国中、暮れも正月もなしに、うろつきまわっている人間でなかったら、こんなドエライしあわせには、めぐりあえないだろう。

私は愉快を感じた。幸福を感じた。

ところが、兵団の三等兵（コレットももちろん三等兵だ）どもまで、なんとなく愉快を感じ、なんとなく幸福を感じるのは、いたしかたないとしても、

「じゃ、年越しのソバ代わりに、ひとつ山クジラといきますか……」

などと、今にも私のイノシシを大晦日の晩のうちに平らげてしまおうとでもいうような

口ぶりになった。

関東では、来年も細く長くとでもいうつもりか、年越しには年越しソバを喰べるならわしのようだが、九州の私のところでは、来年はひとつデカいことをやれというので、年越しには、クジラを喰べることが多い。イノシシをヤマクジラというから、ヤマクジラで年を越せないこともないが、せっかくのイノシシを、ムザムザ、クジラ代わりに喰べられて、たまるものか。

そこで、私は私の少年の日のイノシシの思い出をゆっくりと追想した。私は、小学校の一年から四年になるまで、久留米郊外の野中という母方の祖父母の家に里子にやられていた。

母方の祖父も鉄砲は好きだったが、祖父の取り巻きには猟キチガイが多く、年の暮れになると、よくイノシシをもらったものだ。イノシシの粗い毛がまだついたままの肉塊だとか、足一本だとかが、油紙につつまれたり、またはむきだしのまま、垂木の下に荒縄で吊りさげられてあった。

もらった当日に喰べることは、ほとんどなく、なん日か、縄でブラさげた挙句に、そろそろ餅にもあきた頃、うまいぐあいに喰べさせられたことを覚えている。

さて、その喰べ方だが、味噌ダキが多かった。いわば土手鍋のあんばいに、多少甘く、大根の輪切りといっしょに煮込まれていただろう。それから、大豆といっしょに煮込まれ

ていたような記憶もあって、

「イノシシには大豆が合うモン」

とか、なんとか、祖父が酒を飲みながらつぶやいていたことばを覚えている。つけ合わせに煮るものは大豆だが、肉の本体がイノシシだったか、牛だったか、ちょっとここのところはおぼつかない。もしかすると、

「牛には大豆がよう合うモン」

だったかもわからない。封建の家では、孫と祖父とが、いっしょに、鍋をつつくようなことは、ほとんどなくて、私たち子供らは台所近い板の間に坐り、祖父はその居間で一人で喰べるから、イノシシ鍋の記憶が薄くて残念だけれども、たしか、スキヤキ同様にして喰べたこともあった。そのとき、まん中に、ショウガと味噌のスリ合わせが、入れられたように覚えている。

ただし、これは、後日、あちこちで喰べた料亭のイノシシ鍋の記憶が混入しているかもわからない。

イノシシ鍋の名所は丹波だし、ボタン鍋とかなんとかいっているが、馬肉のサクラ鍋の向こうを張って、多分その色合いから命名したのでもあろう。伊豆の天城山や、人吉《ひとよし》や、宮崎あたりも多い。

そういえば、尾崎士郎、坂口安吾の両豪快先生から誘われて、両国のモモンジ屋で、シ

シ鍋をつついたことがあるが、豪快先生方はシシ鍋など眼中になく、やれ鹿の刺身を持って来いだの、やれ山鳥のシッポのツケ根を喰おうだの、やたらに品数を注文し、ただ豪快に痛飲するだけで、シシの味など、どこかへ消しとんでしまうありさまであった。

□

話が脱線したからもどすとして、宮崎でもらったその三キロ余りのイノシシの肉塊を、私は、と見こう見、

「こいつはまだ早い。二、三日肉をなじませてから喰おう」

と、ヨダレをたらした三等兵どもに、お預けを喰わせてなんとなくじらしたのは、さすがに元帥の貫禄であった。

元日は、宮崎のヒョロ長い（二十センチはあろう）モヤシ入りの雑煮ですませ、二日は鹿児島、三日は吹上浜《ふきあげはま》、四日は枕崎をまわって指宿《いぶすき》にたどりつき、部屋がないというから、舞台付きの大広間に入り込み、さて頃はよし、イノシシ鍋をやらかすことになった。

まず、牛のスキヤキ四人前持ってこいと命令して、ほかに、味噌と、ショウガと、大根を運びこませ、盛大な鍋料理になった。

牛肉を片よせてイノシシを大皿いっぱいに盛り、鍋の中央に、ミソとニンニクとショウガのすり合わせを置く。スキヤキのダシを流しこみ、さて、イノシシ、大根、ゴボウ、コンニャク、焼き豆腐とグツグツ煮込んで、あんなにうまいイノシシ鍋を喰ったことがない。

コレット女史まで、

「この野獣はオイシイです」

を連発して、大いに喰べた挙句、舞台の上でラ・マルセイエーズを歌い出す始末であった。

ダン元帥も調子に乗って、マスネの「悲歌」をフランス語で歌ったところ、

「ソレ、ドコノコトバデスカ?」

にはガッカリした。

しかし、シシ喰ったむくい。帰路の三太郎峠のダン道路には悩まされ、ようやく一月七日にたどりついた太宰府の鷽替えは、大吹雪、大雷鳴になり、辛うじてお石茶屋に逃げこんだ。

鷽替への夜吹雪する茶屋明り

「金瓶梅」に書かれたスタミナ料理

パリの市場(レ・アール)近いところに、「豚の足」(ピエ・ド・コション)という簡易食堂(?)がある。いうところの、ビストロで、市場で働いているオッサンたちが、仕事の合い間だとか、仕事が終わった後だとか、牛豚の血のにじむ長い白エプロン姿のまま入りこんできて、オニオン・スープを啜《すす》ったり、豚の足を齧《かじ》ったり、気つけの一杯をやらかすところである。

店の名が示すとおり、豚の足が名物であって、私もときどき、この豚の足にありつきながら、気つけの葡萄酒を飲みに行ったものだ。

「ピエ・ド・コション」の豚の足は、仕上がりが白くできている。おそらく、多少のメリケン粉を加えて煮上げるものに相違なく、そのほの白い豚の足をつつきながら、葡萄酒を飲んでいると、「豚の足は栗の匂いがする」と、ドーデーだったか、誰だったかの、文句がなんとなく思い出されてくるのである。

さて、それが、ドーデーだったか、誰だったか、その文句が、「栗の味がする」だったか、「栗の匂いがする」だったか、その栗も日本種のような栗だろうか、ただしはマロニエのマロンだろうか、などと、アイマイモコとした旅さきの感傷にひたりながら、「ピエ・ド・コション」の店の繁昌の中で、豚の足をつつき、葡萄酒を飲んでいるのは、まったくよかった。

豚の足のおかげを以て、はるばるパリの、市場近いビストロになどしけこむ、ゆくりない奇縁さえ感じられるような心地がしたものだ。

いつだったか、森茉莉さんが、檀一雄の料理は、あらまし豚の足にきまっているようなことを書いていたと思うが、まったく、私は豚の足に、なみなみならぬ縁由をさえ感じるほどだ。

豚の足を喰わせる店ならたいてい行く。池袋だったら、「おもろ」だとか、「みやらび」だとか、新宿だったら、「花風」だとかの琉球泡盛屋の「アシテビチ」(豚の足)。あの「アシテビチ」さえあれば、私はしごく満悦して、泡盛に酔っぱらう。

たとえば、「おもろ」の「豚の足」と泡盛の奇縁によって、亡くなった琉球亡命者の山之口貘《ばく》氏や、伊波南哲《いばなんてつ》氏などとも、知り合った。挙句の果ては、その「おもろ」から、豚の足と、泡盛をかかえ、私の家で新年の大酒盛りになり、南哲さんが故郷を思う哀切な蛇皮線を弾く。貘さんが、手拭いをかぶり、くねる手つきで、花風《はなふう》を踊りだすといったありさまであった。獏さんの吹き鳴らす、威勢のよい指笛の音が、今でも聞こえてくるような心地さえする。

あの二人は、まったく、琉球の海の青が染みついてしまったような亡命者の感が深かった。

彼らがときおり運んできてくれた、「カラスグヮ」とかいう小さな熱帯魚のシオカラも、彼らの望郷の魚と、しみじみ嚙みしめたものだ。

□

まったく、豚の足を喰わせる店なら、たいていどこへでも行く。たとえば台湾居酒屋の渋谷の「麗郷」とか、十二社《じゅうにそう》の「山珍居」だとか、ああいう店で、豚の足をつつきながら飲んでいるほど、愉快なことはない。いってみれば、豚の足を喰わせるような、ビストロが、私の性分に合っているわけだろう。

もちろんのこと、豚足料理は中国が本場であって、たとえば、明代に書かれた中国の奇書「金瓶梅《きんぺいばい》」の中に、その豚の足の煮方がこと細かに書かれてあるから、ちょっと紹介すると、

「豚の足をきれいに剃りあげましょう。そうして長い薪を一本だけかまどに入れ、油と醬油を大きな椀に一杯、それから茴香《ういきょう》と大料《たいりょう》をくわえてよくかきまぜ、錫の蓋つき茶碗のようにピッタリふたをします。いっときたたぬうちに、ぷんぷんといい香りがして、五味

まったくそなわり、そこでこれをすすがしい大皿に盛り、ショウガとニンニクを入れた小皿とともに重箱に入れ……」（小野忍・千田九一氏共訳）

と、こんなふうになっている。

「金瓶梅」という小説は、西門慶だの、潘金蓮だのと呼ぶ稀代のセクシー男女たちが、入り乱れて閨房の秘事をつくす物語で、彼らがその濃艶な情事の合い間に喰べるスタミナ料理は、ちょっと拾い上げてみるだけでも、「燕の巣のスープ」「家鴨の舌」「鵞鳥の足の裏」「焼き鵞鳥」「鳩のヒナの丸煮」等々、まったく瞠目《どうもく》するようなものばかりで、「豚の足と豚の頭」はその合いの手に、ちょっと書きそえられているだけだ。

私は、三十年ばかりの昔、奉天（今の瀋陽）の博物館で、張学良《ちょうがくりょう》の蒐集にかかわる清朝宮廷秘蔵の極彩色「金瓶梅」を見せてもらったことがあるが、いやはや、カッコイイ中国の美男美女たちが千紫万紅、入り乱れて全裸の饗宴とセックスにふけるありさまは、かえって無常迅速、人間のいとなみの哀れを思い知らされるばかりであった。

豚の足は、古くから、中国でスタミナ料理の第一に数えあげられていたようで、たとえば妊産婦には、豚の足を喰べさせろということになっている。乳の出がよくなるからというわけだ。

モノグサ亭主には少しばかり無理かもしれないが、細君が二十人も三十人も、子供を産むわけではあるまい。一生に三度か、四度、愛妻が産院から、赤ん坊を抱えて帰ってきた第一日曜ぐらい、発奮して、豚の足を二本ばかり、買って帰ってきてみたらどうだろう。

足の毛を剃り落としてある豚の足なら問題はないが、かりに毛がついたままの豚足でも驚くことはない。ほんとうのカミソリがあればほんとうのカミソリ、いや、安全カミソリでも、電気カミソリでも、大いに活用してみて、豚の毛を剃り落とせばそれですむ。多少残っていたら、それはていねいに焼き取ってしまうだけだ。

この豚の足に、オカラを十円ばかりまぶしつけ、塩と酢を足し、全体をよくもみ洗った挙句、一度熱湯をくぐらせて、きれいに洗いそそぐのがよいだろう。

さて、「金瓶梅」の流儀なら、大ウイキョウに、ゴマ油と、醬油を入れて、はじめからトロ火でトロトロと煮るのだが、これでは少しばかり、日本人の口にはしつこすぎるかもわからない。

そこで、まず、豚の足を水煮する。二、三十分ぐらい煮込んでから、スープが少々もったいないような気がするけれども、思い切りよく棄てる。

豚の足をもう一度洗いすすぎ、新しい水を張り、大ウイキョウ一片、ニンニク一塊、ショウガ一本、ネギの青いところを少々、そのほか、人参の頭だの、シッポだの、野菜の屑だのをかき入れて、醬油を入れ、ゴマ油を入れ、お吸い物より少しカラめぐらいの塩加減で、コトコトと二時間ばかり煮つめてゆくのである。

万歳、これででき上がりだ。

「乳の出にいいんだよ」

とかなんとか、細君に差し出しさえすれば、その余りの豚足をサカナに、酒の三、四本ぐらい飲んだって、細君はニコニコ見守ってくれること請け合いである。

天国へ誘うフグのウインク

いよいよ、フグの盛りの好季節になってきた。フグの好季節になってくると、どうも私は落ち着かず、なにかと口実をかまえては、関門のほうに逃げ出したくなってくる。サバといったら丹後のサバ。サバ酢《ずし》といったら、その丹後のサバを使った京都のバッテラ……。といったぐあいに、フグといったら、もう関門のフグと、つまらぬ信心にこりかたまっているあんばいで、私もまた、その迷妄（？）にとりつかれてしまっているのだろう。

関門のフグというよりは、実は国東《くにさき》半島に近い姫島界隈のフグがうまいという永年の評価がきまっていて、誰でも、そう思いこんでしまっているのである。

もっとも、関門から国東半島に至るまで……、乃至は関門から博多に至るまで……、あるいは関門から光市《ひかりし》に近いあたりまで……、いわば周防灘《すおうなだ》を中心にした三角地帯の周辺はフグの料理に馴れつくしてしまっているから、フグの扱いに対する気やすさというか、フグをうまく喰わせるネギや、モミジオロシや、ダイダイ等（カボスやスダチ）の選択や、あんばいに馴れつくしていて、やっぱり、フグとなると、秋田だの、仙台だの、新潟だのに行って喰う気がしない。

しかし、山形の大波止海岸をうろついていたり、陸中の気仙沼《けせんぬま》海岸に出かけたりしているとき、思いがけない見事なトラフグが、まるで棄てられるように放り出されているのを見ると、ああ、もったいない、拾って喰ってやれという気になる。

せめて、私だけぐらい、関門フグ尊重の既成観念を思いきりよく、ぶち破った挙句、なーに、フグは三宅島のフグが一番だよとか、青森県の竜飛《たっぴ》のテッポウ鍋を喰ったらほかのは喰えないだとか、山形の鼠《ねず》ケ関《せき》のフグでなくっちゃあトウトウ身の味がなってないだとか、いってやりたいものである。

しかし、それには、私自身がどこででも庖丁をふるえる絶妙のフグの調理人でならなければならないだろう。

幸いなことに、ついせんだっては、宿願かなって、さる名高い呉《くれ》のフグ屋に半月ばかり入門の許しが出たのだが、いざ出発の段取りになって、あとからあとから、義理のある旅行や仕事をおしつけられてしまって、せっかくの呉のフグ屋の好意を無にすることになってしまった。

もっとも、私の友人たちは、ひそかに胸をなでおろしたムキもあるようだ。私の心づもりでは、フグの免許皆伝と同時に、新潟や、富山のあたりから、大量のトラフグをかつぎ込んできてダンフグ亭の大披露宴を催すつもりになっていたのである。

その反応のしだいはさまざまであって、たとえば遠藤周作氏のような物見高い野次馬型は、

「そいつは面白いや、イヤ、必ず行きますよ」

とヒトの中毒するのを観察にでもでかけるつもりのような返事があると思えば、

「いやー、喰べますよ、喰べますよ」

と吉行淳之介氏のように、もう半分あきらめて、覚悟してしまったような決死型。

かと思うと、三浦朱門氏のように、自分の危険よりも、まずその夫人の身を案ずるように、

「曾野といっしょに、必ず檀さんの料理はご馳走になりに行きますけど、手作りのフグのほうはご免だな」

などというのもある。

しかし、三浦・曾野の両氏とも安心して喰べていただきたい。かりに、もし私が、活殺自在のフグの料理人になりえたとしても、三浦・曾野夫妻の皿の中だけには、テトロドトキシンを故意にはぶいて、残りの皿に全部盛り分け、前代未聞の私たちの死の大饗宴の観察者になっていただくつもりでいる。

□

そういえば、私の少年の頃、私の郷里の集落（柳川《やながわ》の沖端《おきのはた》だが）では、毎年正月を過ぎる頃になってくると、ガンバ（フグ）にあたって死ぬ者が、一冬に少なくとも三、四人はあった。

「○○がガンバにしびれて、泥の中にいけ（埋）られとるゲナ」

などと、始終耳にしたものだが、その土中に生き埋めになっているフグ中毒者の現場を目撃したことは、一度もない。目撃したことがないから、幻想はひろがるばかりで、どんな顔で、どんなふうに、土の中に生き埋めにされているのか、少年の私は、蒲団の中に入っても、いつまでも寝つかれなかったものだ。

しかし、私の祖父のところに、金の延べ棒を借りに駆け込み訴えてきた男があった。

「オリゲ（俺の家）の一郎が、ガンバにあたったタンモ。金バ煎じて飲ませまっするけんガラ、もし、旦那様の所に、金のありまっするなら、少うし、分けてハイリョウせんじゃか」

あいにく、金の延べ棒はなかったようで、祖父は二十円金貨かなにかを貸したようだった。それをどのようにして削って飲ませたのか、はたして恢復したのかどうか、私はもう忘れてしまった。

が、ガンバにあたって騒ぎ出してから、私の集落では、助かったものは、ほとんどなかったように思う。

この頃では、もうフグにあたって死ぬような話をほとんど聞かなくなったから、フグの毒がテトロドトキシンであり、それがフグの卵巣の中にあるという明白な事実を、誰でもひろく知るに至ったわけだろう。

中国でもよくフグを喰べる。日本では彼岸フグは毒が多いとして恐れるけれども、中国では、少しく時季がズレているようで、萩の芽だつ頃の春のフグを最上としているらしい。

その中国で、だいたい毒のある魚は「鱗がない。エラがない。キモがない。啼く。まばたきする」のどれかにあたるといっていて、フグは、このうちのいくつかを兼ね備えている毒魚の王様格に扱われているようだ。ほかの魚は、

行く春や鳥啼き魚の目は泪　　芭蕉

で泪ぐらいたらすかもしれないが、決してまばたきなどしないのに、フグだけはまばたきをするそうだ。

ひょっとしたら、ウインクもやってのけて、私たちを天国に誘い込んでゆくのかもわからない。

それにしても、フグはうまい。

白い菊の花のように、九谷や伊万里の大皿にならびあっている美しいフグの刺身。フグチリのその皮や、ウグイスや、鉄砲や、トウトウ身の、うま味。

あんこうのツルシ切りがうまいといったって、やっぱり、フグは王者である。

コウトウネギの青みと、だいだいの酢（いや、カボスでなくっちゃと大分《おおいた》の人はいう）、モミジオロシに、そっとひたしてフグを喰う、あのうま味が、もう少し安かったらと、口惜しいだけだ。

だから、東京では、入谷の「魚直」ということになる。

わが身辺に低廉の佳肴あり

酒のサカナという奴ほどうれしいものはない。これは、まったく、酒飲みにだけ与えられた天の恩恵のようなもので、飲む人は、飲まない人より、神の加護が多いなどと、まことに酒飲みの冥利《みょうり》に尽きるではないか。

酒のサカナは、あらゆる料理の粋のようなもので、下戸の不しあわせは、これらの粋を味わうことを、神様から見はなされているようなものだ。

粋を味わうのは、ほんとうの贅沢《ぜいたく》だが、ほんとうの贅沢は、必ずしも高価なものではない。不粋のものが、ただやたらに、鯛のツクリだの、伊勢エビの刺身だのと、わめくのである。

もちろんのこと、高価なものに、うまい酒のサカナも多い。フォア・グラなどという奴は、小さな缶詰が一缶三千円を超えるかもしれないし、私など生まれて一、二度しか味わったことがないから、どの缶がうまいのか見当もつかず、パリから一缶千円ぐらいのを買って帰ってみたところ、ジャガイモを混ぜ合わせたようなさんたんたるフォア・グラであった。不粋きわまる話である。

フォア・グラといったら、「リラの門」という映画の中で、食料品店の店先から、缶詰をドンドン投げ落として、拾って逃げる、あれがフォア・グラだが、やっぱりパリの庶民だって、とてもフォア・グラなどには、そうそう手はとどくまい。

レバー・ペーストでも舐《な》めて、フォア・グラなどという高価な粋は、敬遠するに限るのである。

だから、私たちの酒のサカナは、低廉の粋をきわめることにしたいものだ。

酒のサカナは、細君の喰べるケーキより、ちょっとばかり安いものを見つくろうことにしたら、お家断絶、身は切腹などということにならずにすむ。

さて、身のまわりをとくと研究して、日曜料理に、一週間分の酒のサカナを仕込んでみたらどうだろう。

まず、魚屋の店先を行ったり、来たり、一番安いものといったら、塩鮭の頭である。もしかすると二尾分の頭にアラまでついて三十円。ためらわず、その頭を買ってみよう。

その頭の軟骨（ヒズ）のあたりを薄く、輪切りにして、酢にひたせば、一瞬にして絶好の酒のサカナになることは、もう、一度書いたつもりだから、たいていの人は知っていよう。

それでもまだ鮭の頭は余る。そこで、水にひたした酒の粕をスリバチでよくすり、濃厚な粕汁にして、余りの鮭の頭と、大根の輪切りをいっしょに、トロトロ煮てゆけば、酒のサカナはもう一皿ふえる。それも喰べきれなかったら、翌朝、味噌を足し、粕汁を薄めて、野菜の類をなんでもぶち込み、三平汁にしてみたらどんなものだろう。

鮭の頭はもうこりたという向きには、そうだ、鱈《たら》の白子が安いではないか。百グラム三十五円を二百グラムきばる。

煮つけかチリにもおいしいかもしれないが、今日は酒のサカナらしく、少しばかり高級にゆこう。

二百グラムの白子をさっと水洗いしてドンブリに入れ、ニンニク、ショウガをおろしこんで、食塩をちょっと入れる。その上に、根深のネギを一、二本縦割りにしてならべ、もったいないような気もするが、お酒を少々ふりかける。さて、そのまま三、四十分蒸し器に入れて蒸しあげれば、真っ白に仕立て上がった極上の酒のサカナができ上がるだろう。

少しずつ、切っては皿に出し、あとを冷蔵庫に格納しておけば、三、四日分の酒のサカナには充分なる。しかしまあ、太っ腹のところを見せて、細君にもお裾分けとゆこう。一日でなくなったって、これは細君が補充してくれることは、請け合いだ。

もし、ウイスキーのサカナにしたいとならば、同じ鮭の白子でも少しばかり趣向を変える。ニンニク、ショウガはそのままだが、バターを足し、白葡萄酒をふりかけてみるがよい。月桂樹の葉を半枚か、パセリの茎をでもほうりこんで蒸し上げたら、だいぶ趣が変わってくるだろう。

□

魚のほうはこのくらいにして、今度は鶏屋の店先をのぞき込んで見よう。安いのはなんだ？　鶏の手羽先……。まったく、酒のサカナに申し分のないものがいちばん安いとは嬉しいではないか。百グラム三十円。そこでひと思いに、五百グラム仕入れて、一週間分の楽しみということにしよう。

ひとつ、今日は中華風にやってみるとして、大鍋にたっぷりと水を張る。ニンニク、ショウガを一塊ずつ、庖丁で押しつぶして、その水におとし、ニンジンのシッポや、ネギの青いところなどもいっしょにほうり込む。さて、五百グラムの手羽先をその鍋の中に入れ、水たきして三、四十分。手羽先だけを、そっとすくいあげて、そのままさます。

冷たくなった手羽先を、中華鍋かフライパンにラードを落として、狐色になるまでいためる。さて、好みによっては少しく砂糖、酒や醬油を入れて、今度は煮つめる。最後にペパーだの、粉山椒だのふりかけて、仕上げにゴマ油を少々ふりかけてみよう。

すてきな酒のサカナができ上がったではないか。おまけに大鍋のスープは、そのまま、塩や醬油で味をつけて、ラーメンやネギ卵のスープにもってこいである。

手羽先もまたウイスキーのサカナに仕立て上げることは、至極やさしい。まず、手羽先に塩コショウをして、ピッタリ蓋のできる鍋に入れる。ニンニクを一片二片、叩きつぶしてほうり込み、ネギやニンジンのシッポも入れる。さて、葡萄酒少々、バターを少々、水を手羽先の半分ぐらい入れて、もしあれば香料の月桂樹の葉一枚、パセリの茎二、三本、クローブ一本、エストラゴンの葉少々。ぴったり蓋をして、水のひいてしまう寸前まで煮つめれば、それででき上がりということになる。とろけるような、酒のサカナになること請け合いだ。

手羽先の料理に馴れたら、今度は鶏のモツとゆこう。

砂ギモや、肝臓や、小さい卵の混じり合った鶏のモツは、百グラム三十五円、これも五百グラム買ってきて、一週間の間、楽しむことにする。鶏のモツを買ってきたら、少しく手を入れて、砂ギモ(胃袋)のまわりにくっついているアブラくらい、取りのぞくことにしたいものだ。

さて、グラグラ煮たった熱湯の中に塩を一にぎり落とし、鶏のモツをほうり込む。五分か十分さっと煮るのは、臭気を少なくするためだ。

ひとゆがきした鶏のモツを、笊《ざる》にでもあけて、もう一度よく洗い、今度は、ニンニク、ショウガ、ネギなどを加えて、酒、醬油でしっとり煮込む。

五香とか、八角粒とか、ウイキョウとか、山椒とか入れたほうがモツの臭気消しによろしいにきまっているけれども、なに、仕上げにゴマ油をたらしただけでもけっこうだ。モツをすくい上げて、ゴマ油でいためるのも、けっこうだ。

私はといえば、煮上げたモツを卓上天火の中で、ザラメとお茶で、いぶし上げる。この燻製の鶏モツや、腹卵を、薄く輪切りにして皿に盛り合わせると、黄身だけの腹の卵がまるで黄金のように輝いて、まったく申し分のない豪華な酒のサカナに変わるのである。

自家製のニューヨークの味

もう三十年以上もむかしのことになる。

太宰治と私は、卒業の見込みのうすい東大五年生、四年生で、手にゲバ棒こそ持たなかったが、心は悶々、安田講堂から三四郎池のあたりに抜けていって、ヤケにたばこをふかしながら、夕暮れるのを待つ。

やがて三四郎池の水面の光がまったく色を失うと、にわかに蘇ったようにガバとはね起きて、タクシーに飛び乗り、おしかけてゆくところといったら、きまったように、玉の井であった。

その寺島町の二丁目であるか、三丁目であるか、電車線路の手前から「抜けられます」の女の店に分かれるY字路の角のあたりに、壮烈な一杯飲み屋があった。

四方にデコボコの安鏡が張りまわされている奇ッ怪で、殺伐きわまる、コップ酒の店である。ただ、この店は、お通しに、必ずアサリ貝の塩汁を添えるきまりで、このアサリの塩汁をすすりながら、大酒をくらうのが、私たちの悲しいオキテのようなものであった。

自分たちの浅ましい顔カタチをいやでも、そのデコボコの鏡にうつしながらだ。アサリの塩汁と、コップ酒と、鏡。

そこから女の店に突撃してゆくわけだけれども、あのアサリの塩汁のお通しは実によかった。私たちの苦渋の青春の、象徴のような感じさえする。

この頃では、アサリのおすましのお通しを出してくれるような一杯飲み屋はなくなった。広い東京のことだ、一軒ぐらい、黙って温かいアサリの汁ぐらい、出してくれるコップ酒の店が、あってもよさそうなものである。

世界中、どこにだって、安い貝はある。

パリのカキやウニが少々高いことはいつだったか書いたつもりだが、ムールなら、たしか日本のアサリ貝なみの値段だったような記憶がある。

ムールは日本の貽貝《いがい》の種類だろうが、ずっと小さく、ちょうどアサリなみの扱いをして、味噌汁だの、酢味噌だのに、バカによかった。

日本の貽貝はニタリ貝（似たり貝）の別名のとおり、大きさといい、形状といい、女性のシンボルそのままで、ちょっと、貽貝のお吸い物というわけにはゆかぬ。

ついでだから書いておくが、信州の坂城《さかき》のあたりであったか、千曲川の右岸の山なみに、女陰そっくりの岩があり、土地の人は、加賀の若殿様がここを通りかかるたびにニコリとするからニコリ岩といっているが、おそらく、もとは、「ニタリ岩」と呼んだものだろう。

加賀の供廻りがニタリ貝のデンで、ニタリ岩といったに相違ない。能登の舳倉《へくら》島のあたり、それこそドキリとするようなニタリ貝が多いのである。

南仏のブイヤベースは、サフランの香りとオリーブ油をたくみにあんばいしながらたき合わせた、もちろんけっこうな西洋の魚介鍋だが、われわれの口にオイソレとは入りにくい。

いくら日曜料理の指南上手な先生といえども、ブイヤベースの材料集めだけで完全に一日棒にふり、材料費は一カ月分を棒にふり、さて二日めに、輝く金髪色、これはうまい色合いに仕立てあがったと思えば、サフラン臭かったり、オリーブ臭かったり、地中海の海の色を思い出すどころか、黄河のドブ泥の中に伊勢エビを落とし込んだテイタラクになるのがきまりである。

高級は私の性分に合わぬ。

□

そこへゆくと、安直なクラム・チャウダーなど、私の大好物だ。喰っていて、安心できるからである。クラム・チャウダーというと、いやでも、ニューヨークの中央停車場の地下室にあるクラム・チャウダーの店を思い出す。

一皿いくらだったか、もう忘れたが、外はビルの谷間を吹きぬけるニューヨークのカラッ風だ。そのカラッ風に吹き分けられながら、ことばもどかしく、フトコロ寂しい日に、バカの一つおぼえの中央停車場に駆けこんで、その地下室で、トロリととろけるようなクラム・チャウダーを啜《すす》る。そのクラム・チャウダーの中にうかんでいるクラッカーをスプーンの中にすくい取りながら、しみじみと旅の孤独を感じるわけである。

クラム・チャウダーぐらいのことなら、ものぐさ亭主の日曜料理だって造作はないぞ。本場ではハマグリを使うが、今日は安い一皿三十五円のアサリ貝を二皿きばって買ってくるがよい。ほかにジャガイモ少々、玉葱一個、セロリ一本。ベーコンの二、三枚もあったら極上のアサリのチャウダーができるだろう。

まず鍋にコップ二、三杯ぐらいの水を入れて、沸騰させ、そこへアサリをほうり込んで蓋をしめる。アサリが口を開いたとたんに火を消して、そのままさます。

ベーコンはできたら湯通しして、小さく刻む。玉葱をミジンに切り、フライパンにバターを入れてベーコンと玉葱を弱い火で静かにいためる。このとき、ニンニク少々といっしょにいためたほうがおいしいかもわからない。

玉葱が半透明の色になったら、いい加減のメリケン粉を加えて、またちょっといためる。さて、メリケン粉と、ベーコンと、玉葱がヨレヨレに練り合わさっている中に、アサリの煮汁の上澄みのところを入れてお団子をつくらないようにていねいにまぜる。

アサリの煮汁の中には砂が沈んでいるから、コップで上澄みをすくってベーコンと、玉葱と、メリケン粉の練り合わせを、ていねいにほどくわけである。

さて、うまくとけたら、弱い火でよくまぜながら牛乳二本ばかり加えなさい。ほどよいトロトロ加減だと思うところまで、牛乳や貝の煮汁で薄めればよいのである。そこでもうできあがったようなもんだから、塩加減をする。

ここでアサリ貝をカラからはずして、少し残ったアサリのスープの中でゆすぎながら砂をおとす。アサリは好みでは、小さく刻んだほうがよいかもしれぬ。

セロリーも小さく刻む。

ほかにジャガイモをサイコロのように小さく切り、五分ばかり、塩湯で煮て、とり出しておく。

さっきつくりあげたベーコン、玉葱、メリケン粉、牛乳、貝の煮汁の、トロトロとしたスープがあるだろう。そのスープに火を入れ、セロリー、ジャガイモをほうりこみ、再び煮立ってきた頃、アサリ貝を加えたら、もうできあがりだ。

塩加減が薄かったら塩を足し、トロ味が過ぎると思ったら牛乳を足し、なめらかさが足りないと思ったらバターを足し、

「おい、女房。できたぞ。ニューヨークのセントラル・ステーションのクラム・チャウダーそっくりだ」

ぐらいのことをいってよい。

さて、スープ皿に盛り、ペパーだの、薬味のパセリだの、ふりかけながら、チーズ・ク

ラッカーでも投げ入れたら最高だ。女房が、押し入れにかくしておいたウイスキーを、あわてて運び出してくるかもわからない。

タコ、イカ熱愛の国民性

北海道の稚内《わっかない》から宗谷岬に抜けてゆく沿道の漁村のことであったろう。いましがた岸についたばかりの小舟の中から、みごとな赤ゾイといっしょに、胴から足の先まで、あらまし二、三メートルもあるかと思われる巨大なミズダコが運び出されるのに、出会ったことがあった。

タコは漁師のオカミさんの手からブラさがりながら身もだえるかっこうで、ようやく大樽の中に移されたが、その悶着捻転する姿を見ながら、これを私たちが喰うのかと、人間の食欲のすさまじさに、自分ながらつくづく一驚したことである。

「なんというタコですか？」

と聞いてみたら、漁師は、

「潮吹き……」

と答えていた。

「あの、赤ゾイを分けてくれませんか？」

とねだってみると、

「ソイは、今晩のオカズだで……。タコなら分けよう」

そういわれたが、とても、あの、全身をくねらせながら身もだえている大ダコなど、喰ってみる気がしない。足一本だけだって、卒倒してしまうほどの大モノであった。

ミズダコがマダコよりまずいのも事実だろうが、人間の食欲は相手の大きさにも影響されるので、二、三メートルのミズダコは、一見しただけで閉口した。

そういえば、南氷洋に出かけていったときに、ある作業員が、畳一枚ぐらいの巨大なイカを干しあげて、スルメにし、

「檀さん、足一本あげましょうか？」

といっていたが、これも展観用にはよろしいかもしれないけれども、わざわざ喰ってみる気はしなかった。

もっとも、鯨となると、あまりのスケールの大きさから、夢見心地になり、童話的な気分になり、庖丁によって細分されると、もうこれはわれわれの喰べ物としてつくり出されたカステラなみのモノに錯覚されるのかもわからない。

私は南氷洋で、なん百頭かの、鯨の殺戮《さつりく》に立ち会いながら、一度だって鯨の全貌《ぜんぼう》を感じたことがない。甲板の上にあげられてしまうと、腹のところに立てば腹の縞《しま》しか感じられず、尾羽のところに立てば、尾羽の起伏しか感じられなかった。

たった一度、一メートルばかりの鯨の胎児が、母鯨の腹の中から取り出されたときにだけ、ハハア鯨の全貌とはこんなものかと納得したくらいのものである。

人間の食欲の対象のスケールは、ちょうど鶏卵ぐらいの大きさがかっこうのようで、鵞《が》鳥《ちょう》の卵は、少しばかり大きすぎ、駝鳥《だちょう》の卵となるともうアウトである。

だから、巨大なものを喰う習慣は、おそらく、人間の長い努力と、加工の知恵によったものだろう。

タコやイカは、鱗がないから、欧米では悪魔の変化《へんげ》だとみなされて、あまり食用には供せられないようだ。タコとイカはまったく、日本人の独壇場の観があって、さすがの中国人だって、日本人のタコ、イカ熱愛には、シャッポを脱ぐだろう。

庶民の正月では、まず、酢ダコなしには、おせち料理がかっこうをなさぬようなものだ。

□

私がまだ日本陸軍一等兵のころ、暗号解読の能力の限界をテストするために、ブッ続けに八十キロばかり歩かされたことがある。

つまり、二十キロ歩いたときには、暗号の解読がどのくらいの精度があり、四十キロ歩いたときには、どのくらいの精度を保ち、六十キロ歩いたら、どのくらいの粗雑さに落ちるかという人体実験をやらかされたわけだ。

さて、六十キロ歩いたあたりから、もう暗号解読などウワノソラになった。眼が白くかすんできて、梅の花が造花のあんばいに、かすれて見えてくる。このとき、頭の中に浮かんできた妄想は、タコを塩でキシキシ揉《も》みあげて、熱湯をくぐらせたあげく、薄くソギ切りにし、酢ダコにして、喰ってやれ！

タコを塩でキシキシ揉みあげて、熱湯をくぐらせたあげく……酢ダコにして喰ってやれ！

まるで天から降って湧いた天啓のように、その奇っ怪な酢ダコの妄想が、あとからあとへと、頭脳の中いっぱいを占領するありさまで、いっさいの思考が消滅してゆくように思われた。

疲労と酢ダコは、なんの関係があるのか知らないが、このときの酢ダコの印象は強烈で、今思い出しても不思議である。

タコといったら、寺島水道の寺島で、タコ壺の中から、六方を踏んでおどり出してくるようなタコを酢ダコにして喰べたら、なんとも香ばしいタコの味がした。

羅臼《らうす》界隈だの、函館界隈だの、イカ釣り舟の灯火ほどめざましいものはない。海上に、たちまち一大都市が現出してしまったあんばいで、さながら不夜城の観を呈するわけである。

いつだったか、私も、隠岐島の「イカ釣り」に誘われていったことがあるが、島前の赤灘の瀬戸のあたりであったか、まるで、カゲロウのように幽玄なイカが、まばゆい灯火の中に釣り上がってくるさまはおもしろかった。

それよりも、そのイカの刺身の、半透明の、美しさ、甘さ。イカがあんなにうまいものとは知らなかった。

まったく、日本人は、イカなしには暮らせない。

正月のスルメからはじまって、イカの塩辛一つ取ってみても、千差万別、富山の「イカの黒作り」あり、有明海の「イカゴの黒漬け」あり、麴漬けあり、ウニ漬けあり等々。

北は北海道から、九州の南端まで、イカさし、酢ぬた、イカめし、煮つけ、チャンポンの具《ぐ》に至るまで、イカほど、われわれに親しまれているお惣菜は少なかろう。

中国料理にも、もちろんイカはしばしば活用されるが、いつだったたか、香港の「海陸通」という料亭で、大丸の香港支店長の劉さんからご馳走になった、イカのエビ油いためが、まことにおいしく、珍しかった。

欧米では、タコ、イカの類はほとんど喰べぬと書いたけれども、スペインは別である。バルセロナの「カサ・ブラバ」で、画家のアントニオ・タピエスから馳走になった「プルピトス」は、まるで豆粒のように小さいイカのオリーブいためであった。

マドリッドのプラサ・マヨールだったか、「プルピトス」と呼ぶイカ料理の店があり、ここではイカの全貌を墨やモツごと、ブツブツに切って、少量の葡萄酒にひたし、塩、胡椒、サフランの匂いをつけ、一挙にオリーブ油でいためるのである。

このとき、鍋の中に、ニンニク一粒、トウガラシ一個を入れていたが、あんなに簡単で、無駄なく、手早く、おいしい料理は、少なかろう。誰でも一度はためしてみるがよい。

竹輪、カマボコは一卵性双生児

この正月、日本の諸所方々から、カマボコだの竹輪だの、数多くいただいたので、自分ながら、趣味の悪い実験をやらかしてみたことがある。

実は、各地の竹輪を薄く一切れずつ切って、竹輪の数だけの小皿にならべ、わが家の猫「ニャー」を向こうから呼びよせて、試食をさせてみたわけだ。「ニャー」はまっすぐ皿のほうに歩みより、数多い小皿の上の竹輪の匂いに一々嗅ぎ入っていたが、やがて、思い決したふうに、その一つの竹輪にパクついた。

その竹輪は柳川の竹輪なのである。

見ていた来客の諸君らは、

「主人が柳川だから、猫は主人の匂いを嗅ぎ知っているに違いない」

とハヤす。今度は竹輪をとりかたづけて、各地のカマボコを同じ流儀にならべ、同じ「ニャー」を放ってみると、また、あやまたず、柳川のカマボコに喰らいついた。

「畜生。亭主と猫で共謀して八百長をやってやがら」

とどなり出す客までいたが、八百長ではない。まったく不思議な成りゆきで、私自身びっくりした。

私の好みからいったら、柳川の竹輪よりは、宇和島の竹輪のほうがずっと好きだ。カマボコだって、柳川のカマボコより、高知のカマボコのほうが、ずっとおいしいと信じ込んでいる。

しかし、猫の実験は、嘘いつわりのないことであって、竹輪もカマボコも、数多い種類の中から、ハッキリ柳川のものだけを選び出した。

私の考えでは、おそらく、中に混入されている防腐剤の多少を、猫が嗅ぎ知ったものだと思う。つまり過酸化水素の匂いを、人間は識別しにくいが、猫はハッキリと鼻につくのかもわからない。

もうなん年昔であったか、私は宇和島に、講演に出かけていったことがある。町をブラついていて、その町角の竹輪を二、三本買い、一齧《ひとかじ》り齧ってみたらあまりうまいから、ポケットウイスキーを一飲み飲んでは、竹輪を喰い、またウイスキーを飲んでは、竹輪を立ち齧りしながら、城の周辺をうろついていたところ、私のうしろから、一台の小型トラックがやってきて、

「ただいま、竹輪を丸齧りしながら、歩いておられるのが、今晩の講師、檀一雄先生でございまーす」

と町いっぱいに響き渡る拡声機でアナウンスされたときばかりは、まったく、まいった。いまさら、ウイスキーを引っ込めるわけにもゆかず、竹輪を棄て去るわけにもゆかないから、松の根に腰をおろして、その三本の竹輪とウイスキーにタンノウしたものである。爾来、宇和島の竹輪を日本第一等だと信じ込んでいるのだから、わが家の猫のサカシラぐらいで、柳川の竹輪を日本一だなどと思い直すはずはないのだが、つくづく、不思議なことであった。猫は過酸化水素に格別敏感なのかもわからない。

□

さて、カマボコだが、カマボコは蒲鉾と字のとおり、蒲の穂に似通った竹輪型のモノが、カマボコであったに間違いなく、今でも鳥取から島根のあたりは、竹輪型のモノを正しく「野焼きカマボコ」などと呼んでいる。

つまり、魚肉を細片して石臼でよくすり、これを竹串にぬき通して、円筒形に形をととのえ、これをあぶったものが、色も形も、蒲の穂によく似ているから、「蒲鉾」といったわけだ。

原料の魚は、はじめはナマズを使ってやったものだといわれているし、「本朝食鑑」という本によると「江州ノ庖人鹿間某ナルモノガ初メテコレヲツクル」となっていて、当時は、文字どおりの「蒲鉾」であったようだ。やがて、杉板などに魚肉をはりつけて、焼いたり、蒸したりする現在のカマボコがつくられるようになり、かえって「蒲鉾」型の原形を残しているモノを竹輪というようになった。

ハンペンも、もとは同じもので、魚肉のスリ身をお椀のフタなどに入れて、蒸したあげく取り出したから、半円形になっていたわけで、それを半平といった。この半平を胡麻油《ごま》などで揚げたものが、天プラであり、今だって、九州は、天プラといえば、この半平の揚げたもの、つまり、東京のサツマ揚げが、天プラなのである。

博多の「因幡《いなば》うどん」などで、「丸天ウドン」といったり、宮崎の「三角茶屋」などで、「天プラソバ」といって、東京式の天プラウドンや天プラソバが出てくるかと期待していると、「サツマアゲ」だけのウドンやソバで、ガッカリする旅のお客さんがいるが、値段をよく考えるがいい。

三十五円で、東京でいう天プラソバを喰わせていたら、たまったものじゃない。

ところで、カマボコや竹輪の原料だが、川魚なら「ナマズ」がよいことは、さっき書いた。

カマボコや竹輪は、味のよさももちろん大切だが、また、ヒキというか、コシというか、シコシコした口ざわりも大切だから、味と腰の強さをミックスしなければならぬ。その上にもう一つ、原料の安さが問題となるわけで、うまいカマボコ一点張りでゆくならば、たとえば、柳川の殿様のように、

「ハゼ口《くち》（ハゼ）の頰ベタ（頰の肉）ばっかりでカマボコは焼いてみらんかい」

といえるのだが、カマボコ屋にしてみたら、そうはゆかぬ。

昔から、土地土地によって、エソを主体にしたり、フカを主体にしたり、ハモを主体にしたり、トビ魚を主体にしたり、イシモチ、イカ、ヒラメ、等々、さまざまのものを混合して苦心を重ねるわけである。

第一、原料が一年中一定しているとは限らない。

私は、いつだったたか、ホトトギスの啼きしきる頃、屋久島に出かけていって、おりから大豊漁のトビ魚でつくられた自家製の天プラ（つまりサツマアゲ）やツミイレをご馳走になり、こんなにおいしいものを喰べたことがないと、あらためて驚き、あきれたものだ。

そのときに飲んだ熱湯割りの焼酎といっしょに忘れられない味である。

日本のあちこちの海浜で、さまざまの原料によってつくられたカマボコ、竹輪の類を、味わいくらべることができるのも、日本を歩く旅のしあわせの一つである。

富山の、昆布を巻き入れたカマボコよろしく、仙台のササカマボコよろしく、出雲の「野焼きカマボコ」よろしく、田辺の「南蛮焼き」よろしい。大川の竹輪よろしく、仙崎のカマボコ、豊橋の竹輪、またよろしいで、まことに、日本万々歳である。

ニゴリザケ濁れる飲みて……

こないだ、山本嘉次郎さんのお世話で、伏見の「月の桂」というニゴリザケをいただいた。まだ醱酵のとめてない、生のニゴリザケである。

そこでさっそく私はそのニゴリザケをさげて、月にゆかりの桂ゆき子さんを誘い、水戸の中川料理学園をたずねていった。早くから園長の中川紀子さんにアンコウのツルシ切りを実行していただく約束であったからだ。美女アンコウをツルシ切るのを目撃実証するためである。

ところが、どこが、どう間違ったのか、美女のアンコウ、ツルシ切りのほうはいっこうに実行されず、気がついてみると、大洗の「山口楼」という高級割烹店の中で、既にツルシ切られたすばらしいアンコウ鍋をつつきながら、ただニゴリザケばかりを飲んでいた。

かたわらには珍味佳肴がある。手にはほどよくカモされたニゴリザケがある。そのニゴリザケの酔いが、まんべんなく私の五体に、にじみわたって、肝腎の美女のアンコウのツルシ切りのほうは、いつのまにかすっかり忘れはてていた。

中川紀子さんは、落ちつきはらって、そのニゴリザケをお酌するばかりだから……、それに、見事なアンコウが、既に調理しつくされているものだから……、私はウカウカと、「月の桂」のニゴリザケに酔いほおけて、美女アンコウをツルシ切るのを目撃するという、大事の任務を怠った。

思うに、ニゴリザケの酔いが、私に不覚をとらせたものであるに違いない。これが、屋久島の焼酎だとか、八丈島の「鬼コロシ」だとかを飲んでいれば、やにわに立ちあがって、

「そうだ。中川さん。約束のアンコウをツルシ切っていただかなくっちゃ」

といなおってみるぐらいのことだってできたろうに、ニゴリザケの白く濁った原酒の味わいに全身ロウラクされてしまったあんばいで、アンコウは口にうまく、濁醪《だくろう》はからだににじみわたり、美女はただかたわらにあるばかりで、もうそれで充分に満足であった。ダラシない話である。

まったく、ニゴリザケなど飲むのは久しぶりであった。

その昔、神楽坂の坂をあがったあたりの露地に「飯塚」というニゴリザケ屋があって、店の趣がドッシリと古めかしく、そのスタンドでニゴリザケをコップ飲みにするのが、私たちのときたまの優雅でおだやかな日の飲み方であった。

私たちというのは、太宰治と私のことだが、

「飯塚に行こう!」

という日は、たいてい、荒れの少ない、機嫌の上々の日であって、スタンドのニゴリザケを四、五杯静かに飲んで、おだやかに引き揚げていったものだ。「飯塚」で、荒れたり、狂乱したりしたことは一度もない。

あそこのニゴリザケは、いったい、どこのなんというニゴリザケを、飲ませてくれていたのか、知りたいものである。

残念なことに、「飯塚」は、戦後ニゴリザケの一杯飲み屋を廃業してしまって、今では、おなじ場所でただ、酒の販売店に変わってしまった。

私だって、毎日ニゴリザケを飲みたいとは思わないけれども、広い東京に一軒ぐらい「飯塚」のようなニゴリザケ専門のスタンドがあって、ときたま、心静かに、ニゴリザケを飲んでみたいものである。

心静かにニゴリザケを飲みたいなどと、気取ったことを書いてしまったが、どういたしまして、これがトブロクとか、ドブロクということになると、趣が違ってくる。

敗戦直後は、日本中の山村がドブロクの密造地帯に化けて、私など孟宗竹の竹筒につめ合わされたドブロクをかかえて右往左往……。そのドブロクに酔っぱらってフウフウと呼気荒く、独得のコウジ臭い匂いをあげながら、うろつき歩くヒゲオヤジの姿を、至るところに見かけたものだ。

ドブロクで思い出したが、中国の湖南から広西にかけて、どこの民家の土間にも、大甕《おおがめ》がいけこまれてあり、その大甕の中に、ドブロクのようなものが仕込まれてあった。

これをすくって、コップに入れてみると、日本のニゴリザケより、もっと黄色味を帯びている。土地では米酒（ミーチュ）といっていたが、日本兵の、徴発の楽しみの一つであったろう。

日本の白いドブロクより、もっと黄色く、酸味もかっていたように思う。

米酒《ミーチュ》ヲ徴発シタ場合ハ、毒物ノ混入サレオル危険アリ、検査ノタメ、一応本部ニ提出セヨ、などと、なんども回状がまわってくるのだが、冗談じゃない、わが親愛なる兵どもは、米酒の大甕を発見すれば、鳴りをひそめ、伝令兵を本部に派遣して、

「敵情悪シ、鋭意索敵中」

とか、なんとか、大甕のまわりに、とぐろを巻いて、朝となく、昼となく、夜となく、索敵に余念がないわけである。ただし門口にだけは、交替で見張りが立って、本部に気づかれないようにするわけだ。

本部に勘づかれると、大甕をかかえさせられる。厄介な大荷物を運搬のあげくの果ては、毒物混入の危険を検査するために、お偉方の毒見がつづくのである。
□
さて、トブロクまたはドブロクのことばのおこりは、濁醪（トクロウ）の音の転訛《てんか》だろうといわれているが、どんなものだろう。

今でも山村のどこかでは、秘密のドブロク工場が、こっそりと隠密の醸造をくりかえしているに相違ないけれども、私の幼年の頃には、村のたいていの家は、自家密造していたものだ。

酒を饗応されるといえば、その家でつくった自家製のドブロクをご馳走になるにきまりきっていた話であって、瓶づめの市販の酒や、ビールや、ウイスキーが、山村の中にまで、ゆきわたるようになったのは、ほんのこの頃のことである。

どこの家だって、白米を薄いお粥《かゆ》にたきこんでこれをさまし、それにほとんど等量のコウジを入れてよく混ぜ合わせ、甕だの樽だのにつめて、ふとんにくるみこんでおいたものだ。

毎日まぜ合わせてやると、段々に甘くなり、極上の甘酒ができ上がる。さて、大きな一升徳利に湯を入れて、その甕の中や樽の中に浮かべておくのである。こうして、内と外から、ほどほどにぬくめてやると、醱酵し泡立ってきて、段々と苦くからい酒の原酒の味になってくる。

ここだと思ったら、徳利でぬくめることをやめて、さまし、コウジと、白米のオコワを入れ、水を足す。一日に一、二度まぜ、また二、三日たってから、コウジと、白米のオコワと、水を足す。

こうして上々のニゴリザケができるわけだが、「ここだと思うそのここ」が秘中の秘であり、第一、日曜料理にドブロクなどつくってたら、たちまち、お手々がうしろにまわりますぞ。

銀座の女なみにお高いエビ

九州の南端、薩摩半島の開聞町《かいもん》では、産婦のお腹の上にエビをはわせて、その安産を祈る風習があるようだ。おそらく、エビの子が、そのお腹のそとにくっついていて、しごく簡単に子ばなれができることからきたマジナイだろう。

そういえば、いつだったか、邱永漢君から、エビ子入りのソバというのをちょうだいしたことがあるが、たいそうおいしかった記憶がある。

中国人というのは、まったく、奇想天外の食物をつくるのに妙を得ていて、やれエビ油だの、やれカキ油だの、驚き入ったものだ。

もっとも、それを作っているのは、案外に日本人だったりしても、その用途を知らず、食品の加工調理の手立ては、お世辞にも、日本が中国より上だなどとはいえぬ。

たとえば、干しナマコとか、フカのヒレとかは、日本でつくって中国に輸出されているが、これをもどして、うまいキンコ料理とか、フカのヒレ料理をつくることなど、日本人は夢にも知らぬ。

たとえば、またアワビなども、香港から五島の小値賀《おじか》島に買い占めにきていて、生のアワビを全部買い取り、これをカチカチに乾燥させられるところまで島民がやっていながら、その干しアワビを、いったいどうしてもどすのか、どうして喰べるのか、まったくわからず、

「中国人はコゲな固かッ（固いもの）を喜んで買うですからな。生アワビの味を知らんとですタイ」

などと、その干しアワビを横齧りにしながら、ノンキなことをいっている。

アワビだって、キンコだって、椎茸だって、乾燥し、もどしたものが、生とはまたうって変わったさまざまの味わいと、料理に転化するのを、知らないわけである。

なるほど、生の味は日本人がよく知っているが、ナマモノでは世界の人の味覚を説得する力が足りず、いたずらに中国料理の名を高からしめているわけである。

さて、エビの話にもどるとして、北海道の標津《しべつ》ま近いところに、大きな入り江がある。その湾入をかこった岬は、地図で見ると、そっくりエビの形をしているけれども、ここはほんとうにエビの名所であり、北海シマエビという種類のエビがワンサと獲れる。

去年の夏過ぎの頃だったか、私は尾岱沼《おだいとう》に出かけていって、その北海シマエビのただ塩ユデしただけのものを、たらふく喰べたが、久しぶりにあんな贅沢を味わった。

そのエビ獲りの船が、またなんともいえぬ風情がある。エビは発動機の音に脅えるから、

船はみんな帆かけ舟であり、帆に風をはらんだエビ船が静かに帆走するありさまは、五十年昔の幼年の日の夢のようだった。

私は塩ユデのエビのカラを取っては喰い、取っては喰いながら、北海の優雅な入り江の眺望に飽かず眺め入ったものだ。

そういえば、その昔、東京湾のシャコ船が、おなじように優雅な趣をしていたと思ったが、もう、今日は、とてもあんな舟は残っていないだろう。

つい二、三年昔まで、長崎から一山越した茂木《もぎ》という海浜に、ビーチ・ホテルという古風なホテルがあった。

おそらく大正か、それ以前に建造されたような木造家屋で、芥川龍之介とか、佐藤春夫などが、上海の往路・帰路にでも、立ち寄っていそうな趣がなつかしく、私はよく通ったものである。

ホテルは奥さんと、お菊さんと呼ぶ女中さん一人だけ。そのお菊さんは、私がどんなに深夜押しかけていっても、「ほら、あれ」というだけで、きっと芝エビのサラダをつくってくれた。そのエビをつつきながら、深夜の酒に酔いしれるのである。

そのエビのサラダが喰べたさに、やっぱり、到着予定日は、いかにズボラな私もちゃんと電話を入れておくのだろう。いつ行ってみても、真新しいエビのサラダにありつけた。

それが嬉しくて、事あるごとに（いや、事なきときも）、やたらと長崎に出かけることにしていたのに、いつのまにか、ビーチ・ホテルは廃業して、どこかの寮に変わってしまっていた。それっきり、私はもう長崎に回る元気を失って、茂木の海も、絶えて見ない。

だれでもそうだろうが、私はエビの類が格別に好きだ。しかし、どうも、エビの値段が私と不釣り合いに高騰してしまって、車エビなどを見ると、銀座の超高級バーあたりにたむろする、手のとどかぬミニスカートの美女をかいま見るときのような腹立たしさばかりが感じられる。

そこへゆくと、オーストラリアやニュージーランドは、まだまだおうようなエビの天国で、こころみにクーランガッタの魚屋で、エビを買おうとしてみたら、

「何キロほしいか?」

とドギモを抜かされた。おそるおそる一キロだと答えてみたところ、造作もなにもない、三百円足らずであったろう。レッド・シュリムプというか、赤い、まだ生きているような新しいエビだった。

車エビは銀座の美女といっしょに思い切りよくあきらめるとして、瀬戸内のシラサエビとか、新潟のナンバエビということになるだろう。

それだって口に入れれば、結構なしあわせというもので、中国輸入の大正エビだって、アフリカ沿岸のアフリカエビだって、文句などいっていられない。

江戸前の車エビの塩焼きだとか、天プラなど、夢のまた夢なのである。

昔の奴らどもは、その車エビだって、十匁《もんめ》以下のサイマキでなくっちゃならないだなんて気取ったことをヌカしやがって、奴らがくたばったら、地獄で鬼ガラ焼きにしてもらいたいものだ。

□

そういう私も、つい先頃、ナンバエビだけには存分にありつけた。糸魚川《いといがわ》からの講演の帰路、Tさんからバケツ一杯の見事なナンバエビをいただいた。生喰いということだけなら、ナンバエビほどうまいものはない。またの名を富山でアマエビというとおり、甘く、口に媚びるのである。裸にすると、色も赤く美しく、こぢんまりと、やっぱり、雪国の少女のぬくみがある。

イセエビ。

ああ、またこいつが、ヌクヌクと王宮にふんぞりかえった大王のあんばいに、われわれの手にも口にもとどかないシロモノだ。

私はヘンケルの料理鋏《ばさみ》を二本持っていて、ほどほどのイセエビをひっつかまえたなら、真ッ二つ、縦に切り割り、思い切りの腕をふるってみようと思い込みながら、ついぞその機会に、めぐり会ったことがない。

ところがだ。ついこのあいだ、鋏を忘れて、フラリと博多から五島の小値賀島に渡ってみたところ、島のオヤジが、薮から棒に、五十センチはあろうかと思われる大モノのイセエビを、まるでいやがらせでもするように、無造作に、私に投げてよこした。

まだバタツく凶悪なイセエビのギャングのボスと見えた。私は脅えて、大鍋の中に入れ、しっかりと蓋を押えつけたまま、煮たぎらせるばかりが能で、そのイセエビをしゃぶりながら、一週間の間、島歩きをしたのが精いっぱいであった。

たまには果物の話もしよう

毎回毎回酒のサカナに類することばかり書いているようで気がさすから、今回はやや季節はずれの感もあるが、果物の話でも書いて、せめてもの罪滅ぼしをすることにしよう。

日本人は、たれでも日本は果物の宝庫だと思い込んでいる。そう思い込んでいるのはけっこうだが、実は、元来は果物の貧寒なところだと、私は強《し》いていってみたい気がするのは、たとえば中国の広州などという本来の果物の宝庫を知っているせいかもわからない。

やっぱり、少なくとも亜熱帯の圏内でなかったら、ほんとうにアゴのはずれるような、珍奇で、豊満な果物の生産はむずかしいのではないだろうか。

バナナだって、パインアップルだって、茘枝《れいし》、パパイヤ、マンゴー、マンゴスチン等々、を抜きにして、果物の宝庫だなどとはいっていられないような気がするからだ。

なるほど、働き者の日本人の精進努力によって、カキも、ナシもブドウも、モモも、ミカンも、リンゴも、イチゴも、まったく見違えるような千変万化の彩りと、味わいと、匂いと、歯ざわりのものを生むに至った。

五十年むかしの日本人はとても想像もできないような品種改良を遂げて、考えようによったら、日本は世界の果物王国の一つに数え入れてよいかもわからない。たとえばパリに行って、パリの街頭を眺めまわすと、まるで山リンゴのようなちっぽけなリンゴがならんでいる。あとは真っ赤なオレンジと、バナナぐらいのものだった。

「へえー。フランスには、こんなリンゴしかないのかね」

と私が愛国心も手伝って、口に出してみたところ、

「フランス人はこのリンゴが一番うまいといって、日本人みたいにやたらと目さきを変えないんだ。保守的なんだね。しかし、実際うまいんだよ。このリンゴは……。なんともいえない風味があって……」

と滞仏五年の友人にたしなめられた。

そういわれて齧《かじ》ってみると、小さいながら、なにかこう、緻密《ちみつ》な、フクイクとした香気のようなものが感じられた。

「へえー、これが、フランス人好みの風味かね。なんていうの？　フランス語で、こういう風味を？」

と訊きなおしてみたところ、

「風味っていうような、ハッキリした表現はフランスにはないいよ。うまいと感じりゃいいじゃないか。日本の、やたらと目さきを変えたような新品種のリンゴより……、これのほ

うがうまい」

と、その友人は、いつのまにか、フランス人になってしまったような口ブリになった。

私はまるでおこられてでもいるように気弱くなり、日本人の働き蜂が改良した、種々雑多の、リンゴの彩りと、匂いと、味の責任まで負わされてしまったようなショゲ方であった。

戦前までは、リンゴといったら、紅玉と国光ぐらいしか知らなかったのに、今日、果物屋の店頭には、デリシャス、ゴールデン・デリシャス、インドリンゴ等、百果繚乱の有様であって、国光などバカ安い値段をつけられ、こっそり身をかくすようにして、並んでいる。

私はやっぱり、昔馴染みのものが安心だから、その国光を買って帰って齧りながら、韓国の大田の周辺だの、満州の旅順近傍だのに、日本人が植えつけた国光の木は、今も年毎になっているだろうかと、そんなことを思い出したりする。

リンゴは大々的に品種改良されたが、カキはその原木が中国・日本ぐらいにしかないせいか、あまり変化を見ない。たしか、フランス語でも、カキは「カキ」と日本流に発音されるくらいだから、改良の余地が少ないのであろう。

だから今でも「富有」と「四ツ目柿」が代表種のようなものだろう。ただ少なくなったのは「タルガキ」であって、私の少年の頃は、樽の中で渋抜きされた冷たいカキを、寒夜、コタツの中で齧るのが無上のしあわせであった。

ブドウは、しばらくネオ・マスカットが市場を席巻したように感じられていたところ、九州の田主丸《たぬしまる》から「巨峰」とかいう新品種がなぐり込みをかけた形で、昨年あたりは「巨峰」時代に突入した感があった。

私は、中国のウルムチや哈密《ハミ》で、シルクロードに名高いブドウも喰べ、哈密瓜《ハミカ》にありつくしあわせにもめぐり合ったが、哈密瓜はまた「冬瓜《トンカ》」といって、土の中にいけ込んでおくと、いつまでも味が変わらず、二、三月頃に掘り出して賞味する、文字どおり天下の珍果ということになっている。

うまいにはうまかったが、草野心平さんと私は、主としてアルコールのほうに埋没していたから「清脆《セイゼイ》梨ノ如ク、甘芳醴《カンボウレイ》ノ如シ」などというもったいないモノにはいっこうに感じられず、ただムシャムシャと喰っただけだ。

まことに猫に小判のたぐいであって、心平さんなんか、ひょっとしたら、哈密瓜を喰べたことだって忘れているかもわからない。
□
などと書いてしまうと、もう酔っぱらいに果物など送るなということになりそうだから、あわてて書き足しておくけれども、毎年、さるところのご厚意で送っていただく岡山の白桃は、これは、まったくおいしい。

瀬戸の「みきや」という農園のものであるが、これこそ「甘芳醴《レイ》ノ如シ」というのだろう。岡山の白桃はほかの農園からも送っていただいたことがあるが、土質のせいでもあろうか、まったく段違いであった。

それに今頃の時季だと、屋久島の岩崎農園でつくられるポンカンが甘くておいしい。

私は岡山の白桃と、屋久島のポンカンを送ってくるときだけは、子供にも見せず、こっそりと私の書斎の、書棚の中にかくし込んで、深夜の酔いざましに惜しみ惜しみ、喰べるのである。

わが家にだって、果樹はある。カキあり、ザクロあり、モモあり、ハタンキョウあり、ビワあり、夏ミカンあり、ユスラウメあり、グミだってある。

私の幼年の日に郷里の庭さきにあった果樹を、思い出すままにたいてい植えたつもりだから、

「ほら、グミがなったよ。グミが！」

と大騒ぎをするが、グミやユスラウメなど、子供たちはほんの一、二粒、お義理につまんでみるだけで、

「ああ、すっぱい」

あとはわが家の木立ちに巣喰っている、おびただしい尾長の好餌になるばかり。

カキや、モモや、ハタンキョウは、ほんの申し訳に二、三顆《か》がなるばかりだ。夏ミカン

は、文字どおり、たった一顆、黄金の輝きを見せている。

去年、バカなりになったのはビワであった。そこで厳重な統制を行なって、もう一日、もう一日、と最後の熟成を待っていたところ、その最後の日に、尾長の大々攻撃を浴びて、まったく一粒のビワの実も、残さずじまいになった。

春まぢかい雪の夜のサクラ鍋

戦時中のことである。私は、久留米の独立山砲兵第三連隊というところに、四年ばかり、いた。

四年のあいだ、まずは毎日、馬とツノ突き合わせていたようなもので、馬のことなら、ひょっとしたら、日本の文士の中でも、大家といってさしつかえないかもしれぬ。

　馬をさへ眺むる雪のあしたかな

と芭蕉の句にもあるが、馬は体格雄健、人間など問題にならないような頑丈な動物だと誰しも思っているだろうが、じつは、見当ちがいもはなはだしい。馬はまったく見かけだおしのもので、ハリコの虎同然、ひどく脆弱《ぜいじゃく》な、神経過敏なシロモノなのである。

たとえば、駄馬調教をやらかすために、その背中に、石油缶を振り分けに負わせる。石油缶の中に、石コロ一つ二つ入れて、音になれる訓練を行うわけだが、よほど注意深く、ゆっくり気長に、やらなかったら、取り返しがつかなくなる。

不なれな新兵あたりが、馬を脅えさせたとたん、馬は暴発して、その荷駄の石油缶と石の音に狂奔し、心臓が破裂するところまで、突っ走ってしまうのである。

音に弱いだけではない。食物に弱い。ちょっとした喰い過ぎや、食中毒で、たちまち腹部ボウマン、疝痛《せんつう》を起こし、いくらそのお腹をワラでマッサージしてやっても、アッというまに、死んでしまうのである。

当直の獣医士官や、下士がかけつけ、どのように処置されるのかしらないが、たいてい、その翌日あたり、炊事場の使役に出向いている力士あがりの兵隊が、私のところにやってきて、

「ちょっと、公用で出かけるくふうなかですか?」

そこで、知恵の限りをしぼって、営外に脱出する。それもいよいよダメなら、点呼のあとを見はからって、厩当番《うまや》としめし合わせたあげく、馬糞捨て場から脱営する。

その力士あがりの炊事兵は、腕の中に携帯天幕でくるんだ包みを、しっかりとかかえており、ようやく忍び込んだ女の家の、周囲の雨戸を閉めきって、包みをひろげてみると、油紙……。その油紙にくるまれた赤い大肉塊が現われるといった寸法であった。

サクラ肉というのは、その色から命名したものだろうか。それとも、「咲いた桜に、なぜ駒とめた。駒が勇めば、花が散る」から思いついた隠語だろうか。そうとしたら、ずいぶん風流な名まえである。

こうして、私は、ウマサシの、またサクラ鍋の醍醐味《だいごみ》に、早くから味到したといえるだ

ろう。

日本の大都市のデパートで、ハッキリとサクラ肉を売っているところは、名古屋ばかりのようだ。

もちろん、甲府とか、飯田とか、ウマサシの名産地は、全国いたるところに隠れており、私は、馬肉のヒレをでも見つけたら、猛然と兵隊のころの殺伐な馬肉への郷愁がよみがえり、眼の色を変えて、買って帰ってくるのである。

亡くなった坂口安吾が、尾崎士郎とはじめて会ったときの、その出会いのありさまが痛快だから、ちょっと引用してみると、

「ぼくが尾崎士郎先生とどういう因果で友達になったかというと、今から凡そ十年、いや二十年ぐらい前だろう。私が『作品』という雑誌に『枯淡の風格を排す』という一文を書いて、徳田秋声先生をコキ下したところ、先輩に対する礼を知らない奴であるとフンガイしたのが尾崎士郎で、竹村書房を介して、私に決闘を申しこんできた。場所は帝大の御殿山。景色がいいや。彼は新派だ。素より私は快諾し、指定の時間に出かけて行くと、先ず酒を飲もうと飲むほどに、上野より浅草へ、吉原は土手の馬肉屋、ついに、夜が明け、また、昼になり、かくて私は家へ帰ると、血を吐いた。惨又惨。私は、尾崎士郎の決闘に打ち負かされた次第である」

決闘の場所が、安田砦にまぢかい御殿山であったり、飲み明かした場所が、吉原土手の

馬肉屋であったり、なんとも痛快至極で、もし、この両雄が生きていたら、ひょっとしたら、安田靫に馬肉の差し入れぐらい手にしてかけつけたかもわからない。

両雄去ってからは、吉原土手の馬肉屋のことも絶えて聞かないし、私ひとりで出かけるなら、たいてい、高橋の「伊勢喜」まぢかい「みの家」である。「みの家」でなかったら、渋谷の「はち賀」だが、春まぢかい雪の夜など、サクラ鍋のあのぬくもりと、殺伐が、なんとなく恋しいではないか。

馬肉は生喰いがやっぱりおいしい。グリコーゲンが多いから、甘味を感じるのだと、だれかがいっていたが、そんなものかもわからない。

鍋にするなら、生姜《しょうが》味噌を少々足したほうがよいようだ。

パリをうろついていたときに、高英男君から、

「馬肉を食べにいきましょうよ」

と誘われて、出かけていったビストロが、なんという店だったかもう忘れたけれども、馬肉をよくたたいて、ニンニクとコリアンダーのような香草がきざみこまれ、ブドウ酒がほんのわずか、たらしこまれてあったように記憶する。

もちろん、馬肉のタルタルステーキだが、

「これを、やっぱり、三日にいっぺんはやらないと、声がかすれちゃうんですよ」

高君はそんなことをいっていた。

私はといえば、パリの空の下、兵隊のころに習い覚えた馬の味を復習するような楽しさで、なんとなく、また脱走兵にでももどったようなうしろめたさと、小気味よさを、思いがけない異郷の空で味わったものだ。

□

戦場の中では、まったく、いろんなものをたべた。私は報道班員だったが、自由にうろつきまわりたい一心がこうじてきて、部隊から離脱し、中国の戦場を、四、五人の追及兵といっしょに歩いた。だから、手あたりしだいの廃屋にもぐり込み、手あたりしだいの食糧を食べるほかになかったが、やっぱり、犬は、格段においしかったような先入観がある。猫と比較してだ。

赤犬だなどとぜいたくはいっていられない。兵隊がしとめてきた犬があれば、急いでその分け前にあずからなかったら、飢えるだけであった。

犬だといって喰わされたものが、あとで、じつは猫だと知らされたから、反射的に犬がおいしいと思ったぐらいのもので、戦場のモノの味など、はっきり思い起こせるものなど、なにもない。

ついこないだ、奥秩父の山の中を歩いていたところ、

「犬はどうですか？　なんなら用意させますよ」

といわれたが、どうも、その気になれなかった。

「食べたことはありますか？」

ときかれたから、もちろんのこと、なんども食べたと答えたし、じじつ食べたはずなのに、その味が、思い起こせなかった。

犬は、皮を剝ぎ取り、二日、三日、土中にいけてから、食べるほうがおいしいそうである。いくらそんなことをいわれても、ここは戦場ではないから、もう飢える気づかいがないのである。

雪の下萌えの山菜の野趣

万葉巻八の志貴皇子のお歌、

石激《いはばし》る垂水《たるみ》の上のさ蕨《わらび》の萌《も》え出づる春になりにけるかも

で、そろそろ山の雪どけがはじまってくると、北国の山菜の好季節に近づいたことになる。

降りつもっていた雪の下から萌えだしてくる、長い忍従の冬のあとの山菜は、雪のない国々の山菜どもより、桁違《けたちが》いの、匂いと、味と、やわらかさを持っていて、やっぱり、山菜は、雪国のものである。

たとえば、わが家にだって、アケビはある。その芽だちのときに、あわてて、大騒ぎをして、摘み取ったあげく、オヒタシにしてみるのだが、ただ、口にバサバサとにがいだけで、

「畜生。根から切り倒してやるか！」

などと家のアルジは激昂するのだが、切り倒してしまったら、花も実もなくなるだろう。

ところが、例年、越後の山中から送られてくる「木の芽」は、空気にあたって、黒変してしまっているのに、ほどよい、ホロにがさ、やわらかい口あたりとねばり、

「ああ、これこそ、雪の中から萌えだしてくる味だ！」

とアルジは、にわかに、酒のピッチをあげるだらしなさである。

まったく、ワラビにしたって、ゼンマイにしたって、山ウドにしたって、タラノメ、ミズ、シオデ、ウコギ等々、長野、富山、新潟、山形、秋田、青森、岩手、福島の雪の下から萌えだしたものは、桁違いの柔軟さと香気を持っていて、繰り返すが、やっぱり山菜は雪国のものだ。

家のアルジが、まだ満州放浪の頃、新京（今の長春）の南湖のほとりで、雪どけのあとに萌えだしたセリによく似た野草を見つけ、その匂いに嗅ぎ入ってみると、どうしてもセリのようだ。

それにしても、何万ヘクタールであるか、野っ原全面がセリなどということがあるだろうか、と疑わしく、とにかく、私は摘み取って、毒ゼリなら命を棄ててもしかたがないと思いながら、セリご飯にして喰べてみたところが、その匂いの初々《ういうい》しさ、まったく、世界一のセリの香に思われた。

そこで、会う人ごとに吹聴し、知っている限りの日本人を現場に連れていってやろうというのに、みんな、疑わしげな目つきになり、ある奥さんなどはっきり現場を目撃しなが

ら、

「葉が違うわよ。チヂレがすくないでしょう？　あなたはお強いから、アタらなかったかもわからないけど、ちょっと物騒よ」

などとヌカして、とうとう、セリと認識してくれなかった。

日本の川ゼリとは、いささか違って見えるけれども、雪の下萌えのセリだから、素直なのである……私は一心不乱にセリの弁護にあたったが、とうとう、聴き入れられなかった。

しかし、ある日、朝鮮の美女たちが、三、四人、手籠を持って、そのセリを摘みにきているのを見つけたときには、快哉《かいさい》を叫んだものだ。私は及ばずながら、セリ摘みの手伝いをして、彼女たちの籠を埋めようとしたのだが、彼女たちは私の昂奮を薄気味悪がって、いつのまにか、逃げだしていってしまったのは無念であった。

しかし、南湖畔のセリは、成長が早く、三日めには三十センチになり、十日めには、五十センチ、そのうち、もう箸にも棒にもかからないような、セリの大木になって、

「ほら、ご覧なさい。やっぱりセリと違うでしょう」

と例の奥さんから、私は侮蔑《ぶべつ》されるハメにもなった。セリは信じてもらえなかったから、怒ったのである、と私はセリの心情を哀れに思ったものだ。
□
さて、セリの話が脱線の気味を呈してきたけれども、北海道にアイヌネギという山菜が

ある。

はじめて教わったのは、釧路《くしろ》の佐々木栄松画伯のお友だちでナナちゃんと呼ぶ美人からであったが、雪どけの頃、釧路の市場の中のあっちこっちに売っていた。

ちょっとしたニラ臭があるが、アイヌネギにふさわしい野趣があり、私は味噌ヌタにしたり、玉子トジにしたりして、おおいに通人ぶりを発揮したものである。

雪ドケの原っぱを探せばいくらでもある、というナナ様のご託宣であったから、釧路の郊外でも、網走の番外地界隈でも、心探しに探してみたが、野生のものを見つけ出すことはできず、代わりに網走では、香りの高いフキノトウを鞄いっぱい集めたぐらいのものである。

ところが、だ。稚内《わっかない》から宗谷岬に抜けてゆく丘陵の、細い流れのほとりに、まさしく、そのアイヌネギの、野生の姿を見つけ出した。とけかかった雪の下に、紡錘状の、蘭の花のつぼみのような形を見せている。

私は熱狂して、根つきのアイヌネギを見つけられる限り掘り取ったあげく、近所の店からダンボールを貰いうけて、ていねいに格納した。

こころみに、その店のオカミにも見せ、

「これはアイヌネギでしょう？」

訊《き》いてみると、オカミは大きくうなずいて、

「んだ」

もう、しめたものだ。私は札幌までの汽車の中でも気が気ではなく、ビールの余りをかけてやったり、寒冷所に移動したり、それを東京に空輸する途中も、片ときも手ばなさなかったものだ。

ようやく、わが家についたから、庭の中でも、第一等地と思われるあたりを開墾して、灰を大量に入れ、アイヌネギを、ソッと祈る気持ちで土におさめて、毎朝毎夕、水や米のトギ汁をかけるのを怠らなかった。

主人のいたわりに感応したのか、アイヌネギはようやく地についた感じで、つぼんでいた蘭の花ふうの、例の紡錘状の葉ッパを静かにひろげる。私は鬼の首を取ったような喜びようで、

「そのうち、アイヌネギの大会をひらくことにしよう」

などと、ひとり、悦に入っていたものだ。

しかるに、好事魔多し。こんどは、四国に出かけなければならない用事ができて、私はわが家の剛妻に一言いいのこしておけばよかったのだが、ついうっかり、黙って出発。

おりから、初ガツオのタタキかなんかにうつつを抜かして、家に帰ってきた。どうやら、るすの間に、植木屋でも来てくれたようで、庭中がこざっぱりとしているから、久しぶりに、その庭を眺めながら、酒を飲む。

「ヤヤッ！」

とこのときに、私は気がついた。

あわてて、ツッカケをはき、庭の、あの第一等地を見まわしたが、きれいさっぱりと、なにもない。アイヌネギは、根も残っていない。

そこで、大声でわめき、女房を呼びよせて、アイヌネギはどうしたかと問いつめてみたが、

「あら？　植木屋さんが掘り棄てちゃったんですね」

「どこに棄てた？　どこに？」

と探しまわってみたが、大穴が掘りあけられ、剪定《せんてい》した技や、葉や、雑草のこげ残りが、クログロと眺められただけだ。

わが思い出の若芽苅り

外国人にとって、日本の味で海草のうまみほど、わかりにくいものは、ないらしい。私達にしてみたら、ワカメなど、あの淡泊な、ほとんど、舌ざわりだけのうまみのような、単純な味わいは、だれにだってすぐ馴染まれ理解されそうな気がするのに、実はそうではないようだ。

あの、かすかな磯の臭いが耐えられないらしい。

まして、マツモだとか、テングサだとか、エゴノリ、トサカノリ、アラメ、ヒジキの類に至っては、それを食味するわれわれ日本人の舌を疑いたくなるらしい。

われわれ日本人は、磯くささを愛する余り、世界人の嗜好からつまはじきされており、中国料理に世界中を席巻されてしまうのは、いわれがないことではないようだ。

それでも私達は、刺身を食い、ホヤだって食い、海草の、さまざまの色どり、歯ざわり、匂い、味を、愛するのである。そこに嗜好の究極をさえ、樹立したい気持ちになっている。

それで、決して悪いことはなく、私だってどこか外国から帰ったりすると、何はともあれ、鳴門だの、親不知近い宮崎海岸だのの、灰ワカメを洗って、酢を垂らして、そのミドリの色と、磯の香を喜ぶのである。

ついこないだも、早稲田大学仏文科の講師コレット・ユゲがやってきて、ほかの御馳走は、残らずなんでもよく食べたのに、ワカメと三ツ葉の酢のもののところで、バッタリとハシをとめたから、

「やっぱり、ダメ？　きらいなの？」

ときいてみたら、

「はい、きらいです。日本人、どうしてこんなものを好きか、よくわかりません」

といっていた。もう、日本通を通りこしてしまっているようなコレットにして然りである。

残念だけれども、仕方がない。

日本人は、むかしから、海草をことのほかに喜んだので、万葉のなかにも、ウミモをかる数々の美しい歌が歌われている。

ウミモをかる姿に女を感じ、生を感じ、自然を感じるといったあんばいだ。私はあちこちの海浜で、日本人のアラメ、ヒジキ、マツモ、ワカメ等をかり入れる昔ながらの興趣を味わった。

マツモをかっていたのは、三陸の気仙沼近い十八鳴《くくなり》浜である。クク鳴り浜を十八鳴浜な

どどこじつけるのは腹が立つけれども、クク鳴り浜そのものは、シンと鳴りしずまって、泣き砂が、歩く度に、クツの底にククと鳴くのである。

折りから、ちょうど、お母さんが海につかってマツモをかっていて、三つ四つのその坊やが、所在ないままに、砂をけって、その砂をクククと鳴らしつづけていた。明るい、ほとんど空漠とでもいいたいほどの静かな海で、私は、

松藻刈る母を待つらむか童一人日だまりに居て砂ククと鳴く

とまずい歌を読み棄てたりした。

□

しかし、マツモかりは、十一月の寒い時期。春はやっぱり、ワカメだろう。

三月の末近くなってくると、そろそろワカメがりの季節だな、と糸島の唐泊近い、「潮ゾコリ」の一日を思い出す。昭和二十一年の三月幾日のことだったか、ワカメ解禁の日に海に遊んだ一日のことだ。

当時、私は亡妻リツ子と三歳の太郎を抱えながら、糸島の小田のまんじゅう屋の二階に暮していた。リツ子は重体であった。もう十日ももつまいと医師からもハッキリといわれていた。

しかし、その日はよく晴れていて、リツ子も気分がよかったせいか、近所の娘が太郎を誘いにきてくれた時に、

「気晴らしに、お父様も行ってらっしゃい」

私もやっぱり出かけてみたかった。朝から、ひっきりなしに、村人の群が通る。リヤカーをひいたり、馬車に乗ったり、手に手に弁当や、ヤカンや、お茶やお酒の一升ビンをさげていて、「磯ビラキ」とは、そんなに楽しい行事なのかと、私まで興奮していたところだ。

私は太郎の手をひきながら、その娘の後ろに従った。

場所は玉ノ浦といったか、岩場の多い入り江の首のところである。集まった村の人は、そこここにゴザを敷き、それぞれに身支度をととのえて、神官のノリトの終るのを待っていた。

やがて、ノリトもすみ、老若男女が、つぎつぎと磯に向って降りたってゆくわけだが、その風俗が目ざましいほどに美しく思われた。

海はとろけるようになぎつくしていた。

その青い海を背景に、娘達の腰巻の赤が燃えたつようであった。その腰巻を、どの女も、膝上二十センチぐらいにたくしあげている。たくしあげているというより、おそらく腰の上に巻きこんでいるわけで、ちょうど、現代のミニスカートのあんばいだ。

帽子は色とりどりの麦ワラ帽。着ているものはモンペの上着だけ。腰に大抵、摘みとったワカメ入れのカゴをさげているが、時に背負いカゴを負っているものもいた。

そのまま、首をすくめたり、笑い興じたりしながら、海の潮に入りこんでゆく。

私もパンツ一枚になって、娘にすすめられるままに、彼女のうしろから、海に入りこんでみたが、太郎が岩間の深みにはまりそうで、目がはなせなかった。それでも、海ビラキの、潮にゆらめく、初ワカメを摘みとることができたのは、生涯の思い出だ。

ワカメはたしかミソ汁にしたが、それを喜んだリツ子は、旬日にならずして死んだ。

つい先ごろ、糸島の唐泊界隈を歩きまわってみたが、「磯ビラキ」の行事は、もう今日行われず、漁協のやとい人夫がワカメをかり入れるだけだそうである。

おまけに、道路改修のせいか、私達の降りていった磯の姿も、もうすっかり見覚えがなくなっていた。

渇シテモ盗泉ノ水ハ飲マズ

この「わが百味真髄」を「週刊現代」に連載中の時は、「わけのしんのす」という通しの題名にしておいたものだから、その意味合いについて、あちこちから、いろんな問い合わせをいただいた。

その問い合わせは、手紙であったり、電話であったり、口頭であったりしたが、私は笑いにまぎらわして、いちいちそれには答えなかった。最後に、総まとめの回答をこころみるつもりであったからだ。

もし、読者が、九州の柳川を郷里に持つならば（ことさら柳川の漁師集落である白秋の沖端《おきのはた》ならば……）、つい二、三十年むかしまで、堀の汲場《くんば》のあたり、オカッツァン（オカミサン）たちが、毎夕のように、笊《ざる》の中で、不思議な貝の身のようなものを、包丁で裂き、塩洗いしていたのに気がついただろう。

堀のこちら岸の汲場のオカッツァンは、あちら岸の汲場のオカッツァンに向かって、

「ヌシゲ（あなたの家）はなにカン（なんのお惣菜だ）？」

「オリゲ（私の家）はワケ……」

「オリゲもワケ……。ワケノシンノス……」

と笑い合っているのを見ただろう。

ワケはイソギンチャクである。くわしくいえば、ベニヒモイソギンチャクだ。筑後川の流れ入る、有明海のガタ（泥土地帯の潟）のあたりなら、いくらでもいる。

そのワケをワケノシンノスと呼ぶのは、少々卑猥《ひわい》の意味を加えた愛称だろう。ワケの尻の巣の音訛したものである。

さて、そのワケだが、包丁で縦に裂き、塩もみして洗い、腔肛の中の貝ガラだの、ゴミだのを取りのぞいて、ブツ切りにする。

そのまま、味噌汁の実によろしいし、またナスビといっしょに味噌とあえながら油いためをするのが、格別よろしい。

シコシコとした歯ざわり……、ヌルヌルとしたネバ……、人間の飲食《おんじき》の極限をゆくような痛快さとうまさがある。私など、一年に二、三度は、沖端に帰って、ワケノシンノスを食べないと、人間らしい正気にたちかえらないような気がするから不思議である。

お世辞にも上品といえたものではない。今だって低廉な食物だろうが、昔はまったくタダのようなものだった。繰り返すが、その猛烈さ。その庶民性。その愛嬌。その風雅。その痛快。まことに人間のオンジキの極限を地でゆくような心地がするばかりか、私は、かりに、私がどのように気取った食物に馴染んでも、このワケノシンノスの素朴な原初性だけは忘れまいと心に誓ったから、私の食味随想の、通しの標題として借用したわけである。

私はけっして、味の通とか、食道楽とか呼ばれるような者ではない。最も野蛮な人間のオンジキの本道に堂々とたちかえりたいと願っているだけのものだ。その性根を取り戻すよすがとしても、ワケほどたよりになる奇々怪々な食物はほかになかった。いささか卑猥で、いささか滑稽で、いささかグロで、これが人間の食物になりうるだろうかといぶかしかろうが、現に、柳川一帯の地域では、好んで、日々の味噌汁の中に、入れて喰っている。

筑後川の流れ入る有明海の泥土地帯のガタは、ワケのほかにも、種々雑多の不思議な魚介類が多く、たとえばムツゴロウは、よく人に知られているが、クルクルとよく動く出目で、その胸ビレを使いながら泥を蹴り、ガタの上を、這ったり、飛んだり、泳いだりしてゆく姿は、滑稽でもあり、悲しくもあり、素朴でもあり、痛快でもある。

ダテやイキなところはみじんもなく、泥臭く、野暮で、オッチョコチョイで、あわてものの、あの淡褐色の、青白いソバカスだらけの飛びハゼは、泥から這い上がったばかりの田舎娘といった感じだが、それでいて、その肉は、思いがけなくコッテリとした美味と滋味にあふれている。

まったく有明海は不思議な魚介類で埋まっている感じである。アゲマキやメカジヤを知っている人も少なかろう。どちらも貝だが、アゲマキのお吸い物は、少々どぎついほどのうまみがあり、柳川あたりでは、よく散らしずしの具にして散らす。

そういえば、ちょうど今頃からの春の季節が有明海の一番にぎわう好季節で、魚介類のかき入れどきなのである。

柳川界隈でタイラギと呼んでいるタイラガイは誰でも知っているが、都会で喰べ馴れているのはその貝柱だけであり、実はそのタイラギのジゴ（ハラワタ）がおいしく、貝の縁辺部やハラワタのジゴを味噌汁の実にしたり、酢のもののタネにしたり、特有の泥臭さはあっても、これこそ、有明海の味だと思ってもらいたい。

ウミタケもタイラギのジゴ同様に、ナマスにして喰べるのがよいだろう。

また、たとえばワラスボなどという怪魚を知っている人があるだろうか。細い、小さな、ギッシリとつまった歯を持っている薄紫の鰻《うなぎ》のような魚だが、ひょっとしたら、糸魚川《いといがわ》あたりで香魚と呼んでいる魚の変種であるかもわからない。

切り干し大根といっしょに味噌汁に仕立てると独特の味があり、ワラスボをまた塩煮干しして、よくついて、ふりかけにして喰べるものをコブツキと呼んでいる。

この頃は、ワラスボの燻製ができていて、ビールのつまみなどに恰好のようだ。

これら有明海の怪魚介類を喰べたかったなら、現地なら柳川の「お花」にねだってみるのがよかろうし、東京なら「有薫酒蔵」の八重洲店や銀座店が季節季節のモノを運んでいるようだ。

□

さて、その柳川からちょっとばかり山ツキのほうに上がったところに、瀬高という町がある。

城島《じょうじま》とならび称される酒の名産地だ。町の中を矢部川が貫流していて、どこの井戸も、水質がよろしいのか、ここの地酒はたいそううまい。

実は私の女房の実家が、この町の造り酒屋であって、酒の名は「瑞光《ずいこう》」である。

私は今日まで、あまり日本酒を飲まなかった。なぜなら、日本酒をのめば、いやでも女房の酒を飲まねばならないからだ。女房の酒に馴れてしまえば、頭が上がらなくなるのが道理である。

渇シテモ盗泉ノ水ヲ飲マズで、女房の家から酒が来れば、ドカドカと人に分けていた。だから、友人たちは「酒ナラ瑞光」「酒ナラ瑞光」といってくれている。

私も、ニュージーランドやオーストラリアに出かけたり、ロシアに出かけたりしたときには、その「酒なら瑞光」を両手に提げて持っていった。つまり「瑞光」は、すでに海外に輸出されているのである。さて、外地に着いて、おそるおそる飲んでみると「瑞光」はまことにうまい。辛くなく、甘くなく、さっぱりと舌に澄んで、その水質の桁はずれによいことが、口の中で感じられる。畜生！　女房の酒でなかったらなあ、とそのつど、大声をあげるならわしだ。

夏

砂丘のほとりの味と匂い

今日、松露《しょうろ》ほど贅沢な食べ物はないくらいだ。いや、おそらく、松露を食べたことのある人はきわめて稀で、松露といったら、お菓子の名前だぐらいに思っている人が、大半だろう。

松露など、見ようにも、食べようにも、売っている店がないのである。

私にしてみても、二、三年前の晩春の頃だったか、皆生《かいけ》温泉の東光園に出かけていって、実に久しぶりに、その松露を食べた。

サクリとした歯ざわりとねばりが、ほどよく混在している感じで、ほのかな匂いとともに、あんなに不思議な食物をほかに知らない。

春と、秋の二季に、海岸の松林の砂と朽松葉の間に埋れて発生しているわけで、鳥取の砂丘の松林など、その名産地のひとつかもしれぬ。

私の少年の頃までは、福岡の息の松原や、唐津の虹の松原なども、おそらく松露が多く発生していたに相違なく、どこでとれたものか、婆さんなどが売りにきて、味噌汁の実などにして食べた記憶があるが、この頃は、福岡界隈では、松露の噂など、まったく聞かない。

　松タケとか、ロウジとかは、かなりの安定性があって、デパートまで運びこまれても、しばらくの間は変質しないが（もちろんのこと、その味も匂いも落ちるにせよ）、松露は実に脆弱なキノコで、砂の中では乳白色のものが、掘り取れば、たちまち黄変し、傷つけば紅変するといった有様である。

　その味に至っては、たちまち、ネバネバとにがくなり、よほどの管理をしなければ、おそらく、一昼夜とはもつまい。

　昨年のツユの頃だったか、渡辺喜恵子さんから、秋田能代浜の松露を、ほとんど籠一ぱいいただいたのだが、駅頭の手渡しであったから、まっすぐ家に帰ればよかったのに、ちょっと、途中で一杯やっているうちに、大半をダメにしてしまった。

　渡辺さんの語るところによると、能代浜の防風林の砂の中にできるものだそうだが、松が若木でないと松露は育たないものらしい。

　それにしても、運搬していただいて、貴重な松露をダメにしてしまうのは惜しいから、今後は、現場に、直接、出向いてゆくことに約束した。その出さかりの頃の電報をいただくのが、今から楽しみのようなものである。

　松露ができるあたりは、必ずといってよいほど、美しい浜辺であり、この一点でも、松露を追って、旅をするのは、愉快この上もないことだ。

松露の大きさは、せいぜい手か足の親指ぐらいのもので、ラグビーのボールのような恰好をしているものが多く、チョロチョロとした髭のようなものをつけている。

口あたりがサクリとするのは、その胞子室のせいで、乳のような弱い特有の匂いと、ネバリは、まったくキノコの醍醐味を感じさせる。

ただ、くりかえすように、変質が早いから、現場に行って賞味する以外にはないわけだ。

□

鳥取の砂丘で思い出したが、いつだったか、浦富海岸の宿で、無造作に出されたハマボウフウの見事さといったらなかった。

その香気と、歯ざわりと、美しさは、日頃、刺身のツマに見なれている矮小なボウフウと桁ちがいであって、そのまま絶好のサラダの素材に思われた。

クレッソンや、チコリや、アンディーブなど、足もとにもよりつかぬような、白と黄と淡紅色のいりまじった、匂いの高い、ボウフウであった。太くて、大きいのに、冷水にさらすと、歯ざわりよろしく、もろく、軟らかい。

もちろん、酢《す》のものにも、酢味噌和《あ》えにも結構だが、洋風サラダの素材に、あんなに素晴らしいものはまたとあるまい。

やっぱり雪をかぶる裏日本の砂浜のものが、伸びも大きく、軟らかく、太平洋岸の浜ボウフウより優れているのかもわからない。

博多界隈に出まわっている浜ボウフウも、少なくとも、東京のものとは桁違いに見事だが、それでも、浦富海岸で、宿のオカミが摘み取ってきて、土産にくれた浜ボウフウにくらべれば、見劣りがする。

見劣りするばかりではない。筋張っていて、味も悪い。

松露の方は、刻々ほろんでいって、間もなく絶滅しそうなあやうさだが、浜ボウフウの方は、どんな荒地の砂浜にも、自生しているくらいだから、もう少し、見事に育成して洋風サラダ用に、流布できないものだろうか。

おそらく、刺身のツマとして、千葉か茨城あたりの海岸で栽培されているに相違ないが、もっと太く、もっと軟らかく、その高い香気を残しながら、浜ボウフウが洋風サラダに不可欠なものとして、どこの家庭でも食膳に供せられるに至るまで、改良栽培できないものだろうか。

太宰治に喰わせたかった梅雨の味

「料理のめでたからむ女は、男に去られず」と西欧の諺にもいっているそうだが、一年三百六十五日、知恵も、工夫も、思いやりもないような料理をつくって、まるで養魚場の魚の飼育のあんばいに、三度三度、サナギの団子なみの餌を、その亭主に差し出している女房があったら、男に逃げだされないほうが、よっぽど不思議だろう。

喰べるということは愉快なことだ。自分達の懐ろなみの、材料をさまざまに買いだしてきて、組み合わせ、あんばいし、さて、それがいきいきとした自分達のイノチにつながる行事だと思うと、こんなに楽しいことはないはずだ。

私達人間が、動物と区別できる最大の特色は、自分達の喰べる物を、料理できるという一点だろう。また、その材料を無限におしひろげて、いやまあ、その雑食のすさまじさというか、地上、歯に嚙み合わせられるもので、喰べ残したものはないといってみたいくらいのものである。

私達は大は鯨から、小は黴《かび》の類に至るまで、ありとあらゆるものを、喰い荒らしている有様だ。豚が貪食の、章魚《たこ》が悪食のと、騒いでいるけれども、人間の喰い荒らしているもののことごとくを、ほんとうに教えてやったら、豚も章魚も、たまげて悶死するかもわからない。

嬉しいことだ。

フグだの、ナマコだの、まだまだ生易しいほうである。ためしに、広東の市場のあたりなど、うろついてみてご覧なさい。「ゲンゴロウ虫」みたいな虫が、いっぱい瓶につまっているが、あれだって喰べるのです。そのまたむこうには、ポケット・モンキーのような子猿が檻《おり》に入れられてキョトンと私達を見上げている。

「まあ、可愛い。アタシ飼ってみたいわ。税関通るかしら?」

と同行の女史は私の耳にささやいたけれども、冗談じゃありません、アレは脳味噌を喰べるのです、と私が教えたところ、女史は青ざめて、それからしばらくは、もうなにもいわなくなった。

悪食だの、善食だのあるものか。

牛のランプや、ヒレや、ロースが格別に善で、タンや、オックス・テールが悪食だなどと、どうして、そんな差別がつけられるだろう。

□

そういえば、ずっと昔のことである。

夏休みが終わって九州から久しぶりに上京した私が、船橋の太宰治の家に立ち寄ってみたところ、

「いいとこへ来た。ハタハタがあるんだよ」

「ハタハタ？」

なんのことだろう？　私が当惑したところ、太宰はその怪魚を、その頃同棲していた初代さんに、七輪の金網の上で、次々と焼かせ、手摑み、片ッ端からムシャムシャとむさぼり喰いながら、

「早く喰えよ。ただし疝気《せんき》筋の病気には、あんまり良くないっていうけどね」

私はおっかなびっくり、そのハタハタを試食してみたものだ。今日から考えれば嘘のような話だけれども、輸送や冷蔵の発達しないその頃は、ハタハタが東京の小売店や、デパートなどにならぶなどということなど、金輪際なくて、正直な話、私はその名まえも味も知らなかった。

つまり、私にとっては、ハタハタを手摑みにして、むさぼり喰う太宰の姿が、まるで餓鬼さながらに奇ッ怪に眺められ、そのハタハタさえ異様な悪食に思われたものだ。

太宰は大得意で、

「檀君、喰えよ。喰えば喰うほど頭が冴える」

などと、もう、愉快さがとまらぬらしく、

「食通っていうものは、ただむやみやたらと、こう、喰うだけのもんさ」

郷里の味を口にして、意気揚がる有様であった。今でこそ、ハタハタのショッツルとか、ブリコだとか、私も、太宰の郷里周辺の味に馴染んだけれども、この時は、太宰なみに喰べる気がしない。酒の味まで、なんとなく、津軽の匂いがしみついているような感じがして、気が滅入った。

私の眼の中には、しきりに「エツ（斉魚）」だとか、「ワケ」だとか、「アゲマキ」だとか、有明海の魚介類がちらついて、

「君も、一度、九州にやってきて、オレの郷里のあたりのサカナを喰って貰いたいな」

と、負け惜しみをいうほかにはない。

太宰に喰って貰った私の郷里の喰べ物では、「海タケ」の干物ぐらいのものであったろう。

梅雨に入るといやでも、太宰の「桜桃忌」を思い出し、太宰のことに話がそれたが、もし生前、太宰が「エツ」という魚を知っていたら、ひそかに、自分のユカリのサカナだと思い込んだに違いない。

なぜなら、「エツ」は梅雨の魚だからである。万が一、彼が生きていて、その誕生日の六月十九日に彼を招き、「桜桃」を飾り、「紫露草」を花瓶に活け、「エツ」を酒のサカナにしたならば、なんといって喜ぶだろう。

「ひどいね。君。自分で自分を喰うような思いをさせるつもりかね？」

とでもいうか。

「エツ」は梅雨の一時期に限り、有明海から筑後川の下流地帯に産卵に登ってくる。「広辞苑」によると「カタクチイワシの近似種。食用。有明海特産」となっているが、世界中探しても、中国のほんの一地域と、筑後川の河口周辺しか、いないのである。

こないだも團伊玖磨君と、「エツ漁」の愉快を味わったが、網の目に光る「エツ」の白い銀鱗の清涼感はなんともいえぬ。

体長は、さあ、せいぜい十五、六センチから、二十五、六センチぐらいのものか。煮つけにもよろしいし、ミンチのフライもよろしいが、やっぱり細かく小骨を切り、糸造りにして、タデ酢や酢味噌和《あ》えにするのがよろしいだろう。

青紫蘇《しそ》や、胡瓜の線切りなど添えて、酒のサカナにしたら、「エツ」の繊細な味が舌の上に、媚び寄ってくる感じである。

ケシの実を散らすのも、よいかもしれぬ。

梅雨の頃、城島や大川界隈の料亭では、どこでも出してくれるだろうけれど、東京で喰べたい人は、八重洲と銀座の「有薫酒蔵」に入り込めば、手軽に、空輪の「エツ」が喰べられるだろう。

タライ乗りのジュンサイ摘み

このごろ、見ることも食べることも、非常にすくなくなってしまったものに、蓴菜《じゅんさい》がある。

戦前までは、私の住んでいる石神井《しゃくじい》の三宝寺池などにも、多少のジュンサイなら見られたのだが、もう今日では、根絶やしになってしまったようだ。いや、日本中に非常に少なくなってしまったようで、かりにビン詰めのジュンサイを買うとしたら、水液の中に、ほんの数えられるほどまばらに浮かんだものが、一ビン五、六百円はしよう。

ひょっとしたら、ジュンサイが一番公害に弱いのかもわからない。

春先から、初夏の候にかけて、ジュンサイのあのクルクルと巻いた若葉と葉柄を、一瞬湯通しして、酢のものにしたり、おひたしにすると、その葉裏にヌメヌメした粘液がまつわりついていて、これを食べる時に、何ともいえないなめらかな舌ざわり……、口あたり……、その味も、遠い日の夢のような、とらえどころのないほのかさで、あんなに結構な食べ物もすくなかろう。

ナメコによく似ているが、ナメコの押しつけがましさがない。

吸い物によろしく、味噌汁によろしく、ショッツルなべにも結構だが、あまり煮立ててしまったら、だめである。

その若葉がナワのように巻いているところから、わが国では古くヌナワ（沼縄）と呼んで、万葉集巻七に、
わが心ゆたにたゆたに浮き沼縄　辺《へ》にも沖にも寄りがてましを
とあるのを見るだろう。

睡蓮や、ハスや、河骨《こうほね》とおなじくヒツジグサ科（睡蓮科）の多年生水草であり、春から初夏のころまでの若葉が、巻いて、まだ水中にかくれているのを採って食べるわけで、その実が、完全に開き、水面に浮かんでしまう夏のころは、花がさいてだめであり、秋になれば、もう固くて、食べられたものではない。

中国では杭州の西湖が名高いし、日本では琵琶湖や京都周辺が名産地ということになっているけれども、はたしてどんなものだろう。おそらく、もう琵琶湖は絶滅にひんしているだろうし、とすると、巨椋《おぐら》池が干されてしまった今日、深泥池《みどろがいけ》にほんのわずかとれるぐらいのものではないだろうか。

そういえば伊勢の二つ池にジュンサイが残っており、笠をかぶったジュンサイ取りが木舟をあやつってジュンサイを摘んでいると一読者から教示があったが、筆者はまだ現場を

たしかめていない。

現在の日本で、生のジュンサイを、まだいくらか、ゼイタクに食べさせてくれるところは、山形県の赤湯温泉ぐらいのものだろう。赤湯近い白竜湖が産地だからだ。

それに、秋田県の、そこここの湖沼に採取されるし、田植えの済んだあと、農家の子女が、箱舟に乗って、ジュンサイを摘みとる風情は、俳句の好季題かもしれぬ。

ジュンサイは「半日ニシテ味変り、一日ニシテ味尽キル」といわれているくらいに、その風味が落ちやすい水草だから、とてもビン詰めなんかで、その真価を味わうことはできぬ。山形、秋田のあたりに出かけたら、ついでに、一度は生粋のジュンサイを味わってみるのがよいだろう。

□

ジュンサイ摘みの箱舟で思い出したが、九州の柳川界隈に見られる「菱採り」の風情がまたなつかしい。

農家の婦女子が、ハンギリ（半切）と称する大たらいを堀に浮かべて、両手で水を掻きながら、ヒシに近づき、そのヒシの実を摘みとるわけだが、真夏から初秋にかけての、うれしい水の構図である。

そういえば、私の少年のころ、ものうい真夏の午睡の夢うつつの中に、

「菱シャンオー。菱シャンオー」

と、ゆでヒシ売りの声が聞こえてきて、私はあわてて跳ね起き、祖母にねだって、そのヒシを買ってもらっては食べたものだが、もう今日、ヒシの呼び売りの声も聞かれなくなった。わずかに西鉄の柳川駅前のあたり、ヒシの立売りの老女の姿を見かけるだけである。柳川界隈の風物と、中国の江南の風物とは、はなはだ似通っていて、江南でも、大たらいを浮かべて手こぎするヒシ取りの姿を見かけたことがあった。

また、南京であったか、蕪湖であったか、町中をちょうど柳川と同じように、大笊を抱えて、ゆでヒシを呼び売りして歩く男があり、

「マイリーン（売菱）。マイリーン」

とふれ売りして歩いていたように記憶する。日本、中国と所変っても、おなじく、だるい、真夏の終りの、昼さがりの町の熱閙《ねっとう》の中であった。

もう、今日の人は、ほとんどその味など知るまいが、ヒシの実とほとんど前後して、私達はハスの実をよく食べたものである。柳川のあたりでは、ハスノミといわず、レンノミといって、私達少年のころ、旧盆の時季になってくると、蓮の実を葉柄ごと、大抵カサ立てに立てて、八百屋の店先などに、売っていて、あの漏斗状になった青い実の前を、そのままでは通りすごせなかった。

さて漏斗状のカサを破り、ハスの実を取り出して、青皮をむくと、乳白色の、落花生のような形の実が出てくる。もう一枚、薄皮をはいで、縦にまっ二つに割り、実の中のにが

い緑色の胚芽《はいが》を取り去ってから、食べるわけだが、淡泊な、乳臭い味がしたものだ。去年の夏だったか、柳川の八百屋の店頭に、実に久しぶりにハスの実を見かけ、なつかしいまま、山のように買いこんでみたが、実をむいてみると、みんなまだ熟していない。ビショ実（未熟実）であって、ガッカリした。

もう食べるものとしてではなく、お盆の仏前の飾りとして売っていたわけだろう。

ハスの実は、中国の漢口が多かった。蓮子湯《レンズタン》という、ハスの実をアメ湯に浮かせたような、いってみれば透明なお汁粉にして、よく食べるのである。その蓮子湯屋の店先では、老女達が、腰をかけて、にがい胚芽の抜取り作業をやっている。面白いから長時間見ていたが、少し太い揚子《ようじ》のようなもので、まん中に穴を貫通させシンを抜取るのである。

蓮子湯のほかにも、甘い砂糖菓子にして売っている。日本でも、レンコンのハスは多いのだから、どうして、あのハスの実を、砂糖菓子にして売り出さないのか、不思議でたまらない。

新しい茸は命懸けで喰うべし

そろそろ梅雨明けの頃になってくると、きまって、私の書斎の西窓のま下あたりに、一むれのキノコの類が発生する。

色は乳白色で、大きな、楕円形の頭を持ち、茎はかなりの太さである。雨のあとなど、一どきに五、六本むれて立つこともあり、いや、多い時は十本近く、まるで盛りあがるようにして生えることもある。

枯れた紅梅の木を根元から切り倒してしまったちょうど、その根株の腐植したあたりであって、わが家の迷犬トム公が、毎朝、庭を駆け廻ったあげくに、オシッコをやらかす、まさしく、その場所のようだ。

私は、それがキノコだとなると、どうも、黙って見過ごしにはできにくい性分なのである。キノコとなったら、まったく目がない。

そこで、その一本を、こっそりと折り取って、その匂いに嗅ぎ入ってみたところ、甘い、乳っくさい、よい匂いなのである。

すると、これは「竹孫《ツースン》」ではないか、と咄嗟《とっさ》に、胸がおどる感じであった。もし「竹孫」なら貴重で高級な食品だ。それを乾かしたものは、中国料理材料店だって、話にならないほどの高値である。

「竹孫」をスープに入れると、格別にうまいダシが出て、鳩や鶉《うずら》の卵ととてもよく調和する。

「竹孫」であるか、「竹孫」でないか、私は千々に心を砕きながら、家の中にかけ込んだ。

女房を大声で呼んで、

「おい、竹孫だよ、竹孫。もし、竹孫なら、とてもうまい中国料理のスープの実だ。とにかく喰おう」

女房は、おっかなびっくり、私の手中のキノコを眺めまわしていたが、

「よしましょうよ。こないだの山ゴボウみたいなことがあるでしょう……」

実は、いつだったか、わが家にもいっぱい山ゴボウらしいものが自生していることに気がついて、これを植物図鑑に照らし合わせてみたところ、まさしく山ゴボウに相違ない。そこで、そのミズミズしい根ッ子を十本ばかりひき抜いて、その全部を味噌の中に漬け込んだ。

さて、その翌る朝。女中さんに綺麗に切り揃えさせたあげく、

「うちに生えた山ゴボウだよ。喰べてみてご覧……」

と子供達に大自慢。まず自分で一齧《ひとかじ》り、

「うまい！　喰べるがいいや」

子供達もつり込まれて、太郎、小弥太、フミ、サト、みんな沢庵なみにガリガリ齧り、

「いい匂いだね」

太郎まで、お世辞をいっている。

それからあらまし一時間ぐらいの後であったろうか。まったく、家中一斉に、はげしい吐瀉《としゃ》をはじめだした。猛烈な吐瀉で、私など、自分のハラワタ全部を吐きだしてしまうのか、と自分で思ったほどだ。

ようやく吐瀉が終わったと思ったら、今度は、全員下痢である。いや、その下痢のすさまじいこと、生きるソラはないような心地がされた。

可哀想なのは、女中さんで、味噌漬を切り揃える時に、たった一切れ、切り余しを喰べたばっかりに、おなじような吐瀉と下痢を繰り返した。

しかし、私はここに断言するが、あんなに爽快で、気持ちのいい、吐瀉と下痢をやったことはない。負け惜しみでいっているのではなくて、まったく台風一過、全身が洗い流されるような感じであった。

ふつうの大腸菌中毒のような、ジメジメとした後くされがない。もし、命さえ保証して貰うなら、一年に一度ずつは、わが家のあの山ゴボウの味噌漬を喰って、腹のなか全部を

洗い流したいほどである。

さて、ここに奇ッ怪なことは、わが家の細君ばかりは、吐きもせず、下《くだ》す気配もなく、ケナゲに子供達の看病をつとめていたから、

「お前さんは、よくあたらなかったね？」

といってみたが、細君はアイマイ模糊の生返事であった。しかし、更に問いつめてみると、

「アタシ、ちょっとお腹をこわしていたから、いただかなかったんです」

なーんだ、喰べない人があたるわけはない、と私は長歎息したものであった。

□

さて、私の掌の上の、その匂いかぐわしいキノコの話にもどるのだが、

「山ゴボウのこともあるでしょう。もうそんなキノコ、棄てておしまいになったら」

と細君は重ねていった。

「いや、これは喰える」

私は、中国料理の本をひっぱり出す。牧野富太郎さんの『日本植物図鑑』をひっぱり出す。つくづくと眺めくらべて見ると、どうも少しばかり「竹孫」とは、網の目の模様が違っているようだ。「竹孫」は「キヌガサダケ」またの名を「コムソウダケ」といっているとおり、テッペンに小さい帽子をかぶっているらしい。それに全体の網傘が、今日はやり

のメッシュのストッキングのように、ハッキリとすけて見えるはずである。

「竹孫」は主として竹藪の中に発生して、その匂いがきわめて悪臭を放つために、日本人はみな毒菌とみなして食べない、と書いてあるが、私の手中のキノコは乳臭い、よい匂いだ。

それでも、私はまだまだ思い切れなかった。

日本人は悪臭だと思っても、私のように中国を縦横に放浪したものは、いい匂いだと錯覚するかもわからないではないか。

私は手中の「キノコ」を捨てきれずに、炉端に置き、酒を飲みはじめながら、もう一度、『植物図鑑』をていねいにひろげ直しては読んでいった。

あった！

「キヌガサダケ（竹孫）」ではないけれども、「あみがさたけ」というのが、私の手の中のキノコの特徴をことごとくかね備えている。

その牧野『植物図鑑』の「あみがさたけ」の項は、「欧米諸国ニテハ、一般ニ食用トセルモ、我邦ニテハ本菌ガ美味ナル食用菌ナルコトヲ知ラザルモノ多シ」と結んでいるではないか。私は大あわてに笊《ざる》を取り、わが家に自生した「アミガサダケ」をひとつひとつ、まるで宝物のように摘み取って、持って帰り、そろそろ集まってきた酒友達を相手に、ジユンジュンと語り聞かせるのである。

さて、料理は欧米調でなくてはならないからというのでベーコンを湯通しし、玉葱とニンニクをていねいにいためたあげく、「アミガサダケ」のザク切りと一緒にいため合わせ、ホワイトソースと極上の葡萄酒で和《あ》えてみた。さて、一口、

「うまい！」

こうなったら、とっておきのボルドーを一本、自祝自宴の形になり、

「うまい！」

しばらく見守っていた友人達も、おいおいとスプーンですくい取って、

「こりゃ、うまい！」

たちまちのうちにわが「アミガサダケ」の皿は底をついた。ただ、私の一部始終を見守っていた細君の姿が、いつのまにか、見えなくなっただけである。

月明・数珠の子釣りの痛快

そろそろ「どじょう」や「うなぎ」の季節になってきた。「うなぎ」は万葉集の巻十六に、

石麻呂《いはまろ》に吾もの申す夏痩せによしといふものぞむなぎとりめせ

と大伴家持が石麻呂をからかい半分に歌っているとおり、そのむかしから、日本人は、夏には「うなぎ」を喰って、夏痩せを防いだものだろう。「むなぎ」はもちろんのこと「うなぎ」である。

さて、その万葉時代の人達が、鰻を一体どのようにして喰べていたかとなると、浅学の私など、さっぱりどうも覚束ない。しかし、まずは白焼きか、汁の実にでもして喰べていたろうと考えても、あながち、そう見当はずれではないだろう。

私は、九州柳川の出身だから、「どじょう」や「うなぎ」とは、切っても切れないように、ゆかりの深い名門である。「柳川鍋」など、日本の味覚が創造した大傑作の食物のひとつではなかろうか。もしその創造者がわかっていたら、文化勲章ぐらいやってみたいと

ころである。

よく「あなたの出身地は？」ときかれて、「ハイ柳川です」と答える。

「ああ、白秋の？　水郷の？」

といってくれる人が全体の半分ぐらい。

「ああ、柳川鍋の？」

という人と、

「ああ、鰻の？」

という人が、残りの半分だ。そういってくれる人達は、柳川に水があって、柳があって、その柳の下に、「どじょう」か、「うなぎ」がいるにきまっている、というごく自然の連想を持っていてくれるわけにちがいない。

そのとおり、平常、あまり釣りなどやったこともない私が、鰻に関する限り、実によく釣った。

諸君は、鰻の「数珠《じゅず》ノ子釣り」というのを知っているだろうか。釣針もなにも要らない奇妙キテレツの釣りであって、謂《い》わば、鰻のフウテン族を釣り上げるわけだ。

まず三メートル余りの糸を用意する。この糸に縫針を通しておいて、その針で、次々とミミズを縫い通してゆくのである。すると、三メートル余りのミミズの紐ができあがる。

このミミズの紐を、クシャクシャと団子にまとめる。そのミミズの塊を、別の紐で、ところどころくくりつけるだけでよい。

さて、釣竿に、釣糸を垂らし、釣糸の先に、ミミズの塊を縛りつける。なるべく、大潮の満月の晩を選び、潮川の、みち潮時に、船を乗りだしてゆくのである。たとえば、柳川の沖端川《おきのはた》だったら、月光の中に葦葭《あしよし》のさやぎ合っているその根方のあたり、ミミズの塊を川床の泥土まで垂らし、底についたら、上げたり、下げたり。

手ごたえありと思ったら、上げてみるがよいだろう。たちまち、二、三尾の鰻が喰いついていて、私達は、その鰻を舟の中に廻し、トントンと釣竿を、船べりで、叩くだけでよいのである。五十尾、百尾釣り上げることなど造作もないものだ。ただし、はじめに申しあげたとおり、鰻はせいぜい、二十五センチどまりの、チンピラか、フウテン族程度の鰻であって、蒲焼きになるような大物は、どうしたわけか、決して喰らいつかないから、不思議である。

しかし、この鰻のフウテン族は、佃煮にしたら格別においしいことを請け合っておこう。ただ、私の話は、あらまし四十年近い昔の柳川の話であって、早速やってみたが釣れなかったなどと、因縁をつけられても責任は負いかねる。

それにしても、大潮の満月時の夜釣りだから、風流この上もないことだけは確実だ。それに、いちいち餌をつける手間がいらず、鰻のヌラヌラする胴体を摑む必要がないのだから、やってみて損はないだろう。

柳川の天然鰻は、まったくうまい。ただし柳川では、蒲焼きそのものだけではあまり喰べず、「ウナギメシ」といって、鰻をのせた「セイロメシ」を喜ぶのである。その店は、沖端なら「若松屋」、柳川なら「本吉屋」で、城内《しろうち》の旧藩主の屋敷「お花」でも、つくってくれる筈である。

□

ところで、肝心の「柳川鍋」の話だが、残念なことに、柳川では「どじょう」を喜ぶ風習がなく、私は幼年の日から、「柳川鍋」に類似の料理を、一度も喰べさせられたことがない。

おそらく、「柳川鍋」は江戸で特殊の発達を遂げた料理であり、「柳川」の名は冠していても、実は「江戸鍋」と呼ぶべき傑作料理のひとつであるだろう。

その昔、柳川の蒲地《かまち》のあたりに、「蒲地鍋」または「柳川鍋」という土鍋があったから、ひょっとしたら、その土鍋を用いてつくった鍋料理が「柳川鍋」と呼ばれたのかもわからない。

とにかく、浅い土鍋はいつまでも熱しており、グツグツたぎる「どじょう」と、鶏卵の中に、削《そ》ぎゴボウの匂いが立つのは、なんとも嬉しいものである。

葱《ねぎ》の薬味を山盛りいっぱいの「どじょうの丸鍋」とか「柳川鍋」は、やっぱり江戸の下町が育てあげた傑作料理であって、「駒形」や「伊勢喜」や「飯田屋」や「ひらい」に、私は躊躇《ちゅうちょ》なく脱帽するものだ。

ところで、「どじょうすくい」の安来節で有名な島根や鳥取のあたりに、「どじょう」の「テンテコ鍋」というのがある。生きた「どじょう」を鍋に放り込んで、その「どじょう」がテンテコ踊るからの名まえだろう。

ここにスペインの「テンテコ鍋」を紹介しておこう。スペインのバルセロナに、長いことミロ（画家）のパトロンをしていた有名な帽子屋さんがいる。この帽子屋さんが、私に、

「鰻の子の変わった料理を喰べさせよう」

といって、「オロタバ」という小料亭に連れていってくれた。

店先に大きな酒樽がおかれてあり、

「これだ、これだ」

と帽子屋さんがいうから、覗いてみると、水の中に、小さなドジョウみたいな奴がおどっていた。

やがて卓上に、ガス台がおかれ、土鍋がのせられ、オリーブ油を張る。その中にニンニク一塊、唐辛子一個。ボーイが土鍋を熱し終わると、その鰻の子という奴を一挙に放り込んで、鰻の子がテンテコ踊るから、急いで蓋をする。そこで、バター、葡萄酒、塩、胡椒で味をつけ、木製のフォークとスプーンですくって喰べる。シコシコと乙な味がして、土《ど》産《さん》のコッテリした葡萄酒によく合った。

これを日本で復元しようと思って、さまざまに試みたが、駄目である。あるとき、熊谷から、五センチたらずの「子どじょう」をたくさん貰ったので、もう一ぺんスペイン流の「テンテコ鍋」をやってみたら、「オレー」（万歳）であった。バルセロナの帽子屋さんは「鰻の子」といっていたが、私は、今では「どじょうの子」ではなかったかと思っている。

浴衣の女を想わせるホヤの匂い

胡瓜《きゅうり》の出盛りの頃になってくると、なんといっても「ホヤ」だ。「ホヤ」といったら、東北の人達はみんな眼尻をさげるけれども、大いに眼尻をさげてよろしい。「ホヤ」を愛し、「ホヤ」を賞味する慣わしをつくったのは、まったく東北の人達の功績であって、いくら私が自分の郷里を身びいきだといっても、「ホヤ」は九州がうまい、などと金輪際申し上げるつもりはない。

「ホヤ」はまさしく東北の珍味であって、そのおいしさを、自家薬籠中のものに取り入れた東北の諸君や、そのご先祖様の奮闘に、私は躊躇なく、脱帽するものである。

いや、ヤマト民族を分類する便宜法として、「ホヤ」を奉斎する東北一帯の人々を「ホヤ種族」とでも呼び、「フグ」を奉斎する北九州一帯の人々を「フグ種族」とでも呼んでみたら、いかがなものだろう。

「フグ種族」の代表選手は、例えば、亡くなった火野葦平氏であり、「フグを喰わざるものは人に非ず」と揚言するばかりか、今にも「フグ種族」の独立帝国をつくるぐらいの意気込みであったから、まったくすさまじいものであった。

しかし、「ホヤ種族」の人々の一致団結も堅い。かりに東北の人の誰かに向かって、「ホヤ」なんて、見たことも、喰べたこともありません、などと答えようものなら、軽蔑と、憫笑《びんしょう》の入りまじった、なんとも薄気味の悪い無言の反撃を蒙るだろう。

旅の人だって容赦はしない。万が一、その人の娘に、気でもあってみてご覧なさい。立ちどころに断わられ、出入りさしとめぐらいのことは、ハッキリ覚悟するがよい。

それほど、「ホヤ種族」の人々は、「ホヤ」を愛するのである。「ホヤ」の外皮をむいて、ほどよく切り、胡瓜と一緒に、ナマスにして喰うと、ツンと後頭部に抜けていくような、一種名状しがたい匂いと味がする。

忘れていた夏。忘れていた浴衣《ゆかた》の女。忘れていた女の色情。そんなものを、フッとわけもなく、口から後頭部のあたりにかけて、思い起こすような気がするから不思議である。

紀貫之《きのつらゆき》の「土佐日記」の中に、土佐から都に向かって、長の船旅をしている女達が、室戸岬近い室津の浜で、葦にかくれながら、水浴をする話がある。その女達の形容に「ほやのつまのいずし、すしあわび」と書いてあるから、ザッと千年昔にも、「ホヤ」は「貽貝(イガイ)保夜(ホヤ)の交鮨(マゼスシ)」として、喰べていたわけであって、延喜式によると、その「スシ」は、若狭国から、宮廷に向かって送られていたらしい。

さて、葦の蔭で水あびをしている千年昔の女達の話に戻るが、水浴中の老若の女を、二つの「スシ」でたとえたわけであって、どうやら、「ほやのつまのいずし」は婆アの肌、「すしあわび」は若い女の裸の肌を連想させたように思えるけれども、どうだろう。

おまけに「ホヤ」は男根、「イガイ」は女陰、それをまぜ合わせた挙句の果ての婆アさんのニュアンスも加えていると解釈する学者もいるほどだ。

どうでもよい。男根のシンボルでも、古婆アさんの裸でも、その「ホヤ」のカラを一皮むいて、胡瓜と一緒に、大根卸《おろ》しとでも和《あ》えながら、酢のものにして喰べさえすれば、ツンと後頭部に抜けてゆく、不思議な磯の香と、味。忘れていた夏。忘れていた浴衣の女。忘れていた女の色情。それらを、フッと酒の間に思い起こしながら、また「ホヤ」をつつくのは、有難い。

「ホヤ」は、牡鹿半島周辺の「マボヤ」が一番おいしいという話だが、私が喰べておいしかったのは、八戸《はちのへ》の鮫《さめ》の「石田屋」だ。

つい先頃の地震で、海猫の卵の大部分を津波にさらわれたという蕪島にま近いところであり、おそらく、「石田屋」主人の心尽しが、「ホヤ」の本当の味を、私に手引きしたものに相違ない。

□

さて、ここまで書いて、ひょっこり、「マンボウ」の味を思いだした。

紀州の太地《たいじ》に「ふさや」という小さな旅館がある。この「ふさや」で喰った「マンボウ」の味が忘れられないからだ。紀州では、俗に「古座《こざ》男に太地女」というくらい、太地は美人の名産地であり、私はしばらく、太地にのぼせた。

もちろんのこと、その美人の方にものぼせたが、燈明岬から梶取岬を越えて継子投にいたるあの豪快な台地の気分がたまらなく好きで、台地のどこぞに、簡単明瞭な海小屋をつくりたいものだ、としばらく通いつめたものである。

そこで「ふさや」にしばしば厄介になったわけだが、「ふさや」のおかみさんが手造りにしてくれた「マンボウ」の刺身と、「マンボウ」の「肝ダキ」が忘れられない。

「マンボウ」の白い肉はクニャクニャしていて、庖丁が通りにくい。だから、おかみさんは一きれ一きれ、細かに手で裂いて、皿に盛ってくれる次第だが、この手裂きの「マンボウ」を、ショウガ醤油で、すするようにして喰べるのがうまい。

いや、うまいというのか、味が無いというのか、味の無いうまさというのか、喰べている自分自身、まるで海の中に漂流でもしているような、とらえどころのない味なのである。

「肝ダキ」はその「マンボウ」の裂いた肉を、肝にまぶして、味噌アジで、鍋物にするようだ。

なにしろ、私は生まれてはじめて、「マンボウ」にありついたものだから、逆上気味、「マンボウ」の刺身を次々にお代りしながら、おかみさんのお酌で、大酒を飲んだ。

「ほんとうに、こっちへ引越して来られるんですか?」

とおかみさんが訊くから、

「絶対来ますよ。継子投のあたりに掘立小屋をつくります。ところで、ここは雷はひどいのかな？」

と私は少々心細くなって、訊いてみた。というのは、継子投のあたり、太平洋を真ン前にした断崖の突端であり、ここに掘立小屋を建てるのはよいが、大雷雨でもやってきたら、私一人、避雷針がわりに、大雷雨の中にほったらかされるようなものである。

「あら、先生。カミナリ、お嫌い？」

「冗談じゃないよ。地震、カミナリ、火事、オヤジ、みんな嫌いだけど、カミナリは別格だね」

するとおかみさんはニッコリとうなずいて、

「アタシもよ。アタシは、雷が鳴ると、どうしても人に抱きつかなくっちゃ、いられないんです。じゃ、先生がこちらに見えたら、雷が鳴る度に、抱きつきに行くわ」

残念ながら、いまだに掘立小屋は出来ず、太地の雷にもあわず、おかみさんに抱きつかれる幸せにも恵まれないまま、夏になるとただいたずらに「マンボウ」のアテドのない味を思い出すだけだ。

ウオトカに酔う放埒無残の旅

そろそろ夏がやってくると、山葡萄《やまぶどう》のジャムのことを思いだす。それをつくっていたバウス夫妻の緩慢な、手つきだの、恰好だの、笑い顔だのと一緒に、ムッとむせるような、あの甘酸っぱい山葡萄のジャムの味を思いだすわけだ。

昔の新京（現在の長春）から三キロばかり、郊外に入ったところに寛城子というロシア人の集落があり、私はその集落のロシア人バウスの家に、一年ばかりの間、間借りをした。

間借りをしたといっても、バウスの家は、バウス夫妻の居間のほかには、台所だけしかなくて、私は、その台所に寝とまりする契約を交わしたわけである。

うまい具合に、竈《かまど》のまん前のあたり、朝鮮のオンドルによく似た漆喰《しっくい》の棚があって、その棚の上に蒲団をひろげると、まずは上々のベッドになる。もともと、そのようにつくられた下男か女中向けの台所ベッドでもあったろう。

バウス夫妻は、料理の時間以外には、原則として私の部屋に立ち入らない。

しかし、彼らは貧乏と無聊《ぶりょう》をもてあまして、ほとんど終日、家の中にゴロゴロしていたから、おなじく貧乏と無聊をもてあまして、終日、台所部屋にくすぶっている私の耳許に、彼らの濃厚な夫婦の生活と行為が、筒抜けに、聞こえてくるわけである。

バウスの亭主のほうは、お丸ででも用を足しているらしく、戸外の厠《かわや》で用を足しているようだったが、バウスの女房のほうは、夏分だと、蚤《のみ》シラミ馬の尿《しと》するではなく、私の枕許は、尻声悲しくロシア女房の尿する侘び住まいであった。

朝になると、女房が寝乱れた姿のまま、台所に顔を見せる。竈に火を入れて、一日の飲食の日課がはじまるわけだ。

おかげで、私は「ボルシチ」だの「ウーハー」だの、素朴なロシア料理のつくり方の「いろは」を目撃することにもなった。

バウスの女房が一番熱狂するのは、なんといっても復活祭の料理や菓子の製造であった。それから、初秋の頃に漬け込む、ロシア漬け（ピクルス）やトマト・ピューレの製造である。このときには、たいてい、隣近所の人達も呼び集めてきて、共同で漬け込むならわしのようであり、庭先に積み上げられた胡瓜の山、ウクロープ（中国の香菜）の束、ニンニク、唐辛子、そのまわりでわいわい騒ぎ合うロシア女達のおしゃべり。亭主達はアグレッツ（胡瓜）を漬け込んだその石油缶をせっせとハンダ付けにする。

こうして越年の酸っぱいロシア漬けが漬け込まれるわけである。

これにくらべると、ジャムの製造のほうは、はなはだ個性的であった。

ある夏の日のことだが、バウス夫人が籠一杯にドス黒い小さな果実を入れて帰ってきた。よほど嬉しかったものと見えて、大声にわめき、私の口の中にまで、その果実の一粒を押し込んで、

「素敵だろう！」

酸っぱい、ムッとむせるような匂いの高い山葡萄であった。彼女はそれを、日頃夫婦で文字どおり洗面に使っている大きな洗面器に移し入れ、洗いもしない、拭きもしない、ただドサドサと砂糖を山盛りにふりかけたまま、木杓子で混ぜ合わせただけである。

そのまま一晩おいて、翌《あく》る朝、庭の中に七輪をだした。七輪に炭火をおこして、山葡萄の洗面器をかける。

ようやくグツグツとたぎってきた山葡萄を、バウスの女房は思いだしたように、木杓子で、ゆっくりとまぜ合わせながら、ベンチに腰をおろして、あとは古毛糸のあみものに余念がない。

そのうちバウスの亭主が起き出してきて、選手は交替になる。七輪のうしろのベンチの上で、バウスの亭主が、私にオイデオイデをするから、私もそのベンチに腰をおろし、

「やろうか？　一杯、ウオトカを？」

手真似をするより早く、バウスの亭主は合点して、グラスを取りに家の中に走り込む。私も、ベッドの蔭にとっておきのウオトカを抱えだすという段取りになるわけだ。

□

それにしても、あのジャムづくりは、実によかった。

ウオトカで喉《のど》がむせると、出来かけの山葡萄のジャムを一すくい、掌の上にすくい取る。それをちょっと一舐《な》め、またウオトカを飲むといったあんばいだ。

空はカラリと晴れあがって、乾いた、大陸の真夏の庭先には、ヒマワリの花が、奢《おご》り咲いている。僅かな風が、楡《にれ》の葉々をそよがせた挙句、私達の酔いの頬を撫でるのである。

バウスの亭主は、それでも、自分の任務は怠りないのだというふうに、時折り、木杓子でジャムを掻きまわしながら、その種子を掬《すく》い取っては、舐め、舐め終わっては、種子をはきちらしながら、ウオトカを飲む。

まったく愉快なジャム作りであったのだが、突然、隣の家の婆さんのツホジャーニーが、悲鳴をあげて、駆けだしてきて、何事かをわめく。

バウスはまたその女房を呼びだして、三人で大騒ぎになった。実は、ツホジャーニーの娘が、ヒステリーの発作を起こして、縫針を何十本か飲み込んだというのである。

縫針が、そうたやすく、何十本も飲み込めるものかどうかしらないけれども、彼らは大声でわめき合いながら、針娘を即製の担架に乗せて、医者のところに運んでゆくようだ。

さて、バウスの女房があとでかえってきて、山葡萄のジャムを指さしながら、私に、なんだかクドクドと頼みこんでいった。ジャムをよく混ぜて、コゲつかせないようにしろとでもいっているのだろう。

私は残りのウオトカに酔いながら、ジャムを木杓子でまぜるのだけは、決して忘れなかった。しかし、バウス夫妻は、いつまでたっても帰ってこない。

日は傾きかかっているのである。おまけに、七輪の炭が燃えつきそうだ。そこで私は、バウスの家にとってかえして、ようやく木炭を見つけだし、七輪の炭を足した。

ジャムはネットリと煮つまっていった。焦げつかしては面目ないから、一心不乱に掻きまわす。それでもバウス夫妻は帰ってこなかった。

彼らが帰ってきたのは、あらまし、暮れ終わってからだったろう。どこをどう廻ってきたのか、夫婦はふたりとも酔っていた。しかし、私がまぜつづけているジャムに気がつき、それをのぞきこんだとたん、異様な悲鳴をあげ、洗面器をかかえおろし、家の中にかけ込んでいった。

どうやら、ジャムがジャムではなしに、なにかあやしい佃煮にでも変わってしまったらしい。というのは、それから半年の間、私は、毎日、バウスの女房からくやまれた。

彼らは、紅茶の中の砂糖がわりに、いつも必ずジャムを入れる。そのお茶の度に、私が仕上げたジャムの佃煮を思いだすらしく、私の部屋に入り込んできて、黒変した飴の大瓶をさし示しながら、泣き真似を繰り返すのである。大瓶を、ワザワザ、私の台所部屋に据えつけて、永いこと動かさなかった。

便器で料理をつくるダンラン亭

旅に出て、その旅先で、さまざまのものを、喰ったり、飲んだり、料理したりするのは、たいそうに愉快なことである。「飲み、喰い、作る」このほんとうの愉快さがわからなくっちゃ、旅行など存外につまらないもので、よく海外で「やっぱり、女房の味噌汁が一番いいや」などといっている人は、まったくのお義理で、旅をしているようなものだろう。

私は、どこに出かけるときにも、登山用の小さいマナ板と、庖丁と、ガソリン焜炉だけは忘れない。

土地土地の喰べ物は、その土地土地の流儀にしたがって喰べるのが一番よいが、しかし、旅先の高級料亭でばかり喰べていたら、すぐに破産するだろう。そこで、十日に一度は高級料亭でおそるおそる高級料理を試用する。次に十日に四、五度は、なるべく場末の、なるべく人だかりのしている、立ち喰い屋だの、立ち呑み屋だのに入り込んでいって、なるべく、まわりの人が喰べている物や、飲み物を注文する。

さてあとの、なん度かは、こっそり自分の部屋に帰り、高級料亭で喰べたり、立ち喰い屋で喰べたりした、そのさまざまな料理の復元をやってみたり、または自分流儀の料理を、その土地の材料でためしてみたり、地酒の飲みくらべをやってみたりするといったあんばいだ。

それには、是が非でも材料を仕入れとかなくてはならないから、どこの町についても、まずまっ先に、市場から市場をうろついて廻る。野菜屋だの、肉屋だの、魚屋だのを、念入りにうろつき歩くほど楽しいことはないので、お蔭でロンドンの野菜屋には、あらましどんなものが並んでおり、パリの街頭の市には、兎の肉がどんなふうにぶら下っており、モスコーの市場には、一体どんなものが多くならべられているか、ちょっと眼をつぶっても、大よそのことはわかる。

例えばモスコーの野菜市場の今ごろの時期に一番多く並んでいるのは、ウクローブだの、ペトルーシカだのの青々とした香草だ。それから、見たことも喰ったこともないような種々雑多なキノコである。

それらの材料を、思い入れよろしく買い集めてきて、切ったり、煮たり、焼いてみたり、地酒のサカナに味わってみるほど楽しいことはない。

だから、私は、なるべく外国旅行をするときには、キッチン付きの部屋をかりることにきめている。

しかし、キッチンがついてなくったって、なにもビクビクすることはない。

バスとトイレ付きの部屋だったら、実に充分に過ぎるのである。

□

例えば福田蘭童《らんどう》氏などという豪傑旅行家のことを考えて見たまえ。

私がバスに水を張って、野菜を洗っていたら、うしろのほうでトントントントン、野菜をきざむ音がする。振り返ってみたら、蘭童氏が大まじめ、トイレの陶器の蓋の上に私のマナ板をのせ、その上で、茄子《なす》をきざんで茄子の即席漬けを製造中であった。

去年の二月の話である。一緒にオーストラリアから、ニュージーランドをまわったときの実見談だから、安心して聞いてもらいたい。

ホテルの食事だけでは誰しもあきるし、ひとつ久しぶりに「ダンラン亭」を開こうということになって、私達はバスルームをキッチンに変えた。「ダンラン亭」というのは、檀一雄のダンと福田蘭童のランを取って、旅のつれづれに同行の諸君をなぐさめるための、俄料亭の名まえである。

ソビエトの釣旅行のとき以来「ダンラン亭」を開設することにしたが、唯今の厠話の現場は、ニュージーランドはワイタンギ・ホテルの出来事だと思ってもらいたい。

ニュージーランドの二月は、日本でいったら、ちょうど八月ごろの暑さである。幸い、スナッピイと呼ぶ日本の真鯛が、面白いくらいによく釣れて、鯛のツクリ、鯛茶漬け、鯛の味噌漬け、それにほど近い港町から買い求めてきた野菜が豊富にあり、超デラックスの

「ダンラン亭」を開く見とおしがついた。

そこで私達は、料理に専念していたわけだが、お厠の蓋の上にマナ板をのっけるぐらいのことなら、まだ上の部だ。

やがて、鯛茶漬けをつくる段取りになり、ゴマをハンケチに包んでよく叩き、ボールの中に入れる。その叩きゴマの上に卵を落とし、さて、醬油をたっぷり注ぎ入れようと思って、醬油入れの缶の蓋をはずした瞬間だ。

その金冠が、どう間違ったのか、空間を飛んで、今しがた蘭童氏が、茄子をきざんでいた、その厠のまん中に落ち込んでいった。というのは、ようやく茄子もきざみ終り、蘭童氏はマナ板をのけて、お厠の蓋をあけたわけである。

私は一瞬苦悶した。その金冠がなくては、今後醬油が持ち運べないからだ、が、私の苦悶より早く、瞬間、蘭童氏の手が延びて、お厠の穴の深みに突入したと思ったら、その金冠をつまみ取っていた。

あとは愉快な哄笑になって、その金冠をていねいに洗いすすぎ、醬油缶に蓋をした。さいさきがよいときは、料理も快調に運ぶものである。

上々の首尾で鯛のツクリをつくり、その鯛を酒にひたし、鯛茶漬けが出来上がる。鯛の味噌漬けが出来る。調子に乗って、その鯛を塩と酢でシメて、手持ちの昆布の間にたんねんにはさみ込み、「博多締め」としゃれこんだりしたものだ。

ただし「博多締め」を部屋の中に安置して、押しをかけていたところ、ニュージーランドの巨大な蝿どもが、ワンサと寄ってきて、叩いても叩いても、また寄ってくるのには閉口した。

ちゃんと網戸の完備した部屋なのに、冷房器のまわりのスキマから這い寄ってくるのである。

さて、このときの、鯛を棄てる決心がつきかねて、醬油にひたし、持ち歩いていたところ、しだいに飛行機の中で猛臭を発しはじめ、まわりの外人が、けげんな顔で、私達を眺めまわす。

そこで桂ゆき子さんに歎願して、シャネル何番だかの香水を借り、ふりかけふりかけ凌ごうとしたが、とうとう一瓶カラにしてしまったのは、まことに申し訳のないことであった。

廃絶させるには惜しい夏の味二つ

サルビアの花が真っ赤に咲きだしてくると、どうしたわけか、少年のころに喰べ馴れていた真夏の食物の味と匂いが、しきりに思いだされてくる。

例えば、トウガンだとか、ニガゴリだとか。

もう、ほとんどの都会人達は、その味も匂いも知らないだろう。今日の青年諸君の嗜好に合った食物は、それなりの時代色と要求にかなっており、それはそれでけっこうだが、トウガンやニガゴリの、あの淡泊な味と匂いも、また夏の夕べをいろどる日本的食品の秀逸だと信じる、ばかりか、このまま廃絶させてしまうのは惜しいから、今回は少しばかり明治大正調の夏の喰べ物の話を書き記しておこう。

私の八、九歳のころだから、大正八、九年のことだと思って貰いたい。

夏の夕方になってくると、きまって祖父は白麻の甚兵衛を着こみ、縁側でアグラを組み、静かに酒を飲んでいた。祖母がその傍らに坐って、団扇《うちわ》を持ち、時折り思いおこしたように、祖父の襟元をあおぐ。

ああ、もうあんな風情も金輪際見られなくなった夫婦絵図である。

さて、その祖父の食膳にのぼっている皿は、「ニガゴリの酢味噌和《あ》え」「トウガンと干鱈の葛仕立て」「冷やしソーメン」と大体こんなものだったろう。

所は久留米の郊外、野中というところだ。

私の母方の祖父母の家であり、私の両親が弘前に転勤していったから、私はサト子にやられていたわけだ。

「ニガゴリ」は「ニガウリ」または「ツルレイシ」のことで、今でも鹿児島あたりでは「ニガゴイ」といって食用に供しているが、野中の家では祖父が酒のサカナに格別に愛好したから、家の畑には、「ニガゴリ」の大きな棚があった。

「ニガゴリ」は「キュウリ」によく似ているが、果実の表皮のブツブツがもっと鋭く、熟すると赤く裂開するのである。その裂けた「ニガゴリ」の種子のまわりにかぶっている赤い皮膜は、少年のころの私達の口には、舌いっぱいにまつわりつくようなネットリした甘さがあった。

しかし、「ニガゴリ」を食膳に供するときは、まだ裂開しないうちの若い実を取って、種子を抜き、サッと熱湯をくぐらせた後に、薄く切り、酢味噌和えにしたり、あるいは油いためして、味噌田楽《でんがく》ふうに仕立て上げるわけである。

「今夜のご馳走はなんじゃか？」

などと、祖母にきくと、

祖母の微笑を含んだ顔が意味ありげに私をふりかえるから、

「ニガゴリたい」

「アイタ」

正直な話、ベロを出して、しょげかえったものだ。ほろにがい「ニガゴリ」の味は、やっぱり永い習練を経ないと、その苦味のほんとうの味わいはわからないものである。

しかし、少年の日の鋭い味覚で、「ニガゴリ」の苦味を噛みしめたから、「ニガゴリ」の味わいの中には、今の味覚とからみ合った少年の日の清新な味覚がよみがえってくるのであろう。

「ニガゴリの酢味噌和え」を一つまみ……。それから酒。「ニガゴリの酢味噌和え」をもう一つまみ……。それから酒。その真夏の夕暮れの飲食の中に、さながら私の五十年の生涯が点滅して、誰か知らぬ女人のまぼろしが、傍らから、団扇を握って、時折りそっと思い出したように涼風を送ってくれているような気さえされるのである。

ともあれ、「ニガゴリ」の苦味は、夏の夕べにかけがえのない鎮静と清涼を与えてくれるものだ。

そういえば、パリでよく喰べた「アンディーヴ」にも、どことなしに、「ニガゴリ」と似通ったほろ苦い味わいがある。パリでは、バターでいためたり、そのまま生で齧ったりして、その苦味をよろこんだが、ひょっとしたら、カラシをきかせた「アンディーヴ」の酢味噌和えなど、恰好の酒のサカナになるかもわからない。

もっとも「アンディーヴ」は冬の野菜で、しばらくは東京のデパートなどにも見かけたが、あまり需要がないのか、このごろは、まったくお目にかかることがなくなった。

□

さて、「トウガン」の話に戻るとして、「トウガン」は「トウグワ」であり「冬瓜」と書くが、夏の瓜を、どうして「冬瓜」などとアテるのであろうか、誰かに教えて貰いたいものである。俗に「冬瓜の花の百一つ」というのは、仇花ばかり多くて、実になりにくい実状からできたことばにちがいないのに、「冬瓜」の実は東京の八百屋ではバカ安い。「トウガン頭」というとおり、人間の頭より大きそうな「トウガン」一個せいぜい、五、六十円といったところである。

その恰好がユーモラスで、愛嬌があるためか、「トウガンが粉をふいたよう」などと、逆美人様がお化粧をしたタトエにまでひきだされるのだから、「トウガン」も楽ではない。おそらく、仇花は多いのに、一たん実がつけば、「トウガン」は確実に肥り、昔から、値段が安くて、バカにされていたのだろう。

「トウガン」を煮るときには、その前日、私の祖母は、横槌（キヌタ）を握って、「棒ダラ」をトントントントン叩いたものだ。その叩いた「タラ」を一晩中水にひたし、よく水すすぎし、しばらく日向《ひなた》に出しておくと、「棒ダラ」はふやけて、思いどおりの形にほぐれてゆく。

そのほぐれた「タラ」を昆布だしでトロトロ煮つめ、ころあいを見はからって、適宜に切った「トウガン」を煮ふくめてゆくのである。ときには馬鈴薯や玉葱を加えることもある。

さて、ほどよく煮ふくまったころ、水ドキした葛粉を入れて、全体をドロリとさせる。卸しショウガの香気を散らす。

これででき上がりであった。祖母は、この「鱈とトウガンの葛仕立て」をていねいに椀に盛って、静かに祖父のいる縁先に運んでゆくのである。

私達は、台所の板の間に、めいめいの箱膳を据えて、「鱈とトウガンの葛汁」をすすり込むわけだ。

「ニガゴリの酢味噌和え」の苦味は、なかなかに味わいにくく、私達は故意に渋面をつくりながら、あてがわれた一皿を平らげるのだが、「鱈とトウガンの葛汁」の風味はよくわかった。

北海の干鱈のむせるような味と匂い。それが「トウガン」の多汁な肉質の中に、まんべんなくからみついていって、ツンと物忘れをさそうような瓜の匂い。

夏の夕べに、そこはかとなく、なにごとかを思い出し、なにごとかを思い忘れてゆくような、なつかしい味わいがしたものだ。

そういえば、葛仕立てにする肝腎のその葛が、現代の片栗粉ではガタガタ落ちのような心地がする。やっぱり「トウガン」をつなぐときだけぐらいは、「吉野葛」とか「秋月葛」とか、粒々になったほんとうの葛粉がほしいものである。

火野葦平とアメリカのビフテキ

もうずいぶん昔のことになるが、私がアメリカに出かけていったのと、ほとんど入れ違いに、火野葦平氏がアメリカから日本に帰ってきて、

「アメリカのビフテキは大層まずい」

という意味のことを、日本のどの新聞だか、雑誌だかに、書いたらしい。

「らしい」というのは、私は火野さんの文章を読んだわけではなくて、ただ私がニューヨークに着いた早々、アメリカの有名な作家だとか、学者だとかから、

「ミスター火野が、アメリカのビフテキは大層まずいといっているけれども、どこで、どんな、ビフテキを喰べたのだろう？」

と質問攻めにあい、私は被告席に立たされたあんばいで、大いに周章狼狽《しゅうしょうろうばい》したものだ。

などと、なにか火野葦平氏の舌禍を私がかぶって、大困りしたようないい回しになったけれども、その実、私は火野葦平氏の暴言（？）のお蔭を蒙って、ニューヨークでは、生涯にたった一度、今日も明日もとビフテキ攻めにあったしだいであった。

あんなに愉快なことってあるものか。

火野さんは、おそらく、アメリカの通りすがりに、どこぞのホテルのビフテキだとか、キャフェテリアのビフテキだとか、偶然、喰べあわせたビフテキを、日本のお気に入りのビフテキと比較しながら、ちょっと筆をすべらせたに相違なく、私はといえば、火野さんの暴言を訂正させられるために、選りすぐった一流ビフテキ屋のビフテキを、とりかえ、ひきかえ、喰べさせられたわけである。

ひょっとしたら、火野さんの文章が、私のニューヨーク到着とほとんど前後して、アメリカの新聞か雑誌に、翻訳紹介されたのかもわからない。それでなかったら、いくらなんでも、あんな騒ぎはなかったろう。私が出会ったアメリカ人のほとんど誰も、彼もが、

「ミスター火野は、アメリカのビフテキが大変まずいといっているけれども……」

からはじまって、

「一体、どこで、どんな、ビフテキを喰べたのだろう?」

と同じ質問になり、

「ところでミスター火野を知っているか」

と訊かれるから、ここは正直に、

「イエス。私は彼をよく知っている」

と私の通じる唯一の英語を断乎として発言するわけだ。すると、きまって、

「では、私の知っているおいしい店に案内しよう」

こういうしだいで、私はニューヨークのあっちこっちのホテル、レストランのビフテキを、実に、さまざまの人から、タライ回しに、御馳走になった。残念なことに、当の火野氏なら、ポケット・ブックに、綿密なメモを書き込むならわしだから、随分たんねんなニューヨークのビフテキ地図ができたに相違ないが、私ときたら、旅先のメモなぞいっさい取らない性分だから、それらの店が一体どことどこだったか、まるっきり覚えておらず、相手も誰だったか、もうハッキリしない。

しかし例えばK氏に案内された、ウォール街のどまん中にある七階だかのビフテキ屋で喰べたビフテキは、炭火のカンカンおこっている火の上の鉄弓《てっきゅう》で網焼きされた太いフィレだったろう。

例えばまたS氏に案内されたところは、何とかという有名な劇場の傍のビフテキ屋で、S氏自身「頭の中の穴」という戯曲を書いた劇作家であり、その奥さんがまた新劇の女優さんであったから、劇団関係の人々が愛好するレストランのようであった。

ただし、いつの場合も、私のほうはウイスキーに酔い過ぎて、ビフテキの味より、こんなビフテキにありついた火野さんとの奇縁が、しみじみおかしく思い出されたものだ。

□

そういえば、戦後まもない頃、講談社の中で火野さんとバッタリ会ったことがある。二人はそのまま貴賓室に案内され、お茶の代わりに、オーシャンウィスキーが一本出された。それをガブ飲みしているうちに、二本めになった。いつのまにか、またまた三本めになった。そのうち、火野さんと私はテーブルの上で放歌高唱しながら、踊っていた。どちらもはいているのは、軍靴だ。面白いくらい、テーブルがよく鳴った。

その次、講談社に出向いてみたら、

「椅子が二脚バラバラになってましたよ」

「そんな筈はない。オレ達が乗ってたのはテーブルだよ」

と私は答えたが、

「テーブルから椅子に飛び移ったり……椅子からテーブルに飛び移ったり……」

見給え。私は火野軍曹と同罪で、講談社には、生涯の負債をおっている。

火野軍曹はとうの昔に他界されたが、そのお蔭を蒙って喰べ歩いたアメリカのビフテキは、素敵であった。テマと、ヒマと、金さえかければ、世界中どこだってうまいものはある理窟だ。キャフェテリアのビフテキと比較するのなら、どこか日本の駅前食堂のビフテキをでも喰べくらべてみるのがよいかもしれぬ。

そういう私は、どこのなにを喰べさせられたってその土地に従う流儀だから、格別不平はないのだが、つい先年ソビエトをあちこちうろついたときに、レニングラードのホテルであったか、珍しく、ビフテキが卓上に運びこまれ、ナイフとフォークを使って、一口頬ばってみたけれども、なにさま固い。

すると、期せずして同行の諸君の声があがり、

「固い！」

「ソビエトの肉は固くて、喰えたもんじゃないや」

まったく異口同音であった。

この時、一行の通訳をしてくれていたシビリーヨフ氏は憤然として、テーブルを叩き、

「これはソビエトの肉じゃありません。アルゼンチンの肉です」

一瞬水を打ったように静まってしまったが、祖国愛というものは、やっぱりハタで聞いていても気持ちのよいものだ。

レニングラードのホテルの卓上で喰べた肉だからといって、なにも、ソビエトの肉とは限らぬ道理だ。

では、ソビエトのおいしいビフテキは、一体どこで喰べられるのか、私はとうとう確かめずにしまったが、しかし、広大な国のことである。どんなおいしい肉が、どんなところで喰べられているか、俄かに予断は許されない。わが日本のように、大幅に個人の自由が許されているところの国民は、テマとヒマと金さえあれば、どんな肉にもありつける。

ビフテキは肉しだいの料理だから、フィレでもよし、ランプでもよし、これぞと思ううまそうな肉を買い入れてきて、塩、コショウをし、サラダ油とバターで、ジューッと焼き

上げながら、舌を焦がすようにして喰べたいものだ。せめて、月に一度ずつぐらい。

海水浴場の景物アメ湯追憶

戦前の日本の海水浴場にならたいてい、どこにでもあったもので、この頃とんと見かけなくなったものに、アメ湯がある。

そのアメ湯が一体どのようにして作られていたものか、私は知らないが、おぼろげな味の記憶から想像すると、まずザラメのシロップを作って、これを薄め、片栗粉の水トキでいくらかとろみをつけたあとに、おろしショウガの匂いと辛味をきかせたものだと考えても、大して間違いじゃないだろう。

とにかく、さんざん泳いだ挙句、海浜の茶店に這い上がって、熱いコップ一杯のアメ湯をすすると、口の中いっぱいに、葛ときのアメ湯の甘味がまつわりつき、ショウガの匂いと刺戟がちょうど気つけ薬のあんばいで、まったく、生き返るような心地がしたものだ。

一杯が、さあ、五銭か十銭。

どうして、あんなに痛快で、実質的な、海浜の飲み物が亡んでしまったのか、私には、残念にも、また不思議にも、思われてならないものだ。

コーラだの、ジュースだのも、結構だろうが、泳いだ後は、アメ湯に限る。ひとつ、アメ湯を大々的に瓶詰めにして、海浜に売りだして、その自動燗付け器まで販売してみたらどうだろう。それでも、もう今日の、カッコイイ青少年男女諸君はアメ湯など見向きもしないだろうか。

それなら、ひとつ思い切って、ロシアの「クヴース」でも売りだしてみたいものだ。ロシアの夏の街をブラツいていて、なにか飲みたいと思ったら、まずは、「クヴース」か「アイスクリーム」ぐらいのものだろう。

「クヴース」というのは、まことに野暮ったい、玄妙な飲み物であって、おそらく、戦前の、日本の海浜の、アメ湯と好一対の、飲み物だろう。

この「クヴース」を運んで売っている手押し車がまた愉快な、大時代な、シロモノで、まるで撒水車か、前世紀の蒸気機関をでも見るような感じがする。さて、コップ一杯いくらだったたか。一カペイカか二カペイカだったたような気がするから、邦貨に換算して、たしか、五円かそこいらの値段だったたろう。

「クヴース」というのは、ロシアの赤ッ茶けたパンだの、林檎だのを、熱湯に通して、そのお湯に心持ち、砂糖やハチミツなどの甘味をからませ、時間をかけて発酵させたものである。

イルクーックのアンガラ川のほとりだとか、リガのフシュー湖のほとりだとか、いやいや、どこの町だって、公園の入り口のあたりに行けば、きっと「クヴース」の手押し車はあるだろう。

暑い夏の日に、大仕掛けな車を押して売っているのだから、冷たい飲み物だろうと思えば、さにあらず、電気冷蔵庫とか氷で冷やした「クヴース」など、とんとありついためしがなくて、私の飲んだ「クヴース」は、いつも天然の温度であり、この天然の温度の「クヴース」が、なんとも、野暮で、沈着で、玄妙な、好飲み物に思われたものだ。

ちなみにいっておくが、ロシアのアイスクリームはたいそう私の気に入った。甘味がほどほどで、日本のアイスクリームのように、媚びへつらうふうがない。

値段はたしか、一杯十九円だと思ったが、私は日頃アイスクリームなどを喰べる習慣でもないのに、わざわざ行列の中に割り込んで、ロシアのアイスクリームだけは、買って喰べたものである。

ソビエトの名誉のためにいいそえておくけれども、ソビエトにアイスクリームが不足しているから、行列をつくっているわけではなさそうだ。律義なのである。日本だったら一杯五十円なら、五十円、いい加減に、コーンカップの中へつぎ込んでドサドサ売ってしまうところを、ソビエトはいちいち計量するのである。定量のアイスクリームをはかるのが、念入りで、手間どるから、そこで行列ができてしまうもののようだ。

その証拠に、といったらおかしいが、クリミア半島の近くに、シンフエロポリという飛行場がある。その飛行場で、飛行機乗り換えの待ち時間が二時間ばかりあり、ちょっと腹もへったような気がしたから、食堂にはいっていった。コーヒーとソーセージを売っているのだが、行列をつくっている。

なんの気もなく、その行列に並んだのが、運の尽きであった。行列は二進《にっち》も三進《さっち》も前進しない。前進しない訳はないではないか。皿に二本のソーセージを並べるだけで、どうして、そんなに時間がかかるのだろうと、私は不思議でならなかったが、よくよく観察してみると、その一皿二本ずつのソーセージの目方をいちいちはかっているのである。

目方をはかるだけでも手間取るのに、その目方を、今度は値段の方に換算する。いってみれば、百十六グラムになるから、九十八円になり、百二十グラムになるからええと百何円と……、その計算に翻弄され惑乱されて販売の方は一向にはかどらず、行列は、さながらナメクジが前進するような有様だ。

これが日本だったら、一皿百円。多少の大きい小さいなどいってたら、後ろの行列からドナられるだろう。

私はロシア人の律義さに大いに感じ入って、行列からはずれなかったけれども、ちょうど私の二人前のところまで来て、時間切れになった。乗り換えの飛行機が飛ぶというのである。あんなに口惜しかったことはない。お蔭でとうとう、シンフエロポリのソーセージの味を書き記すこともできなくなったわけだ。

□

しかし、苦あれば楽あるもので、私がソーセージの顚末《てんまつ》を語り、大ゴネにゴネたから、同行の諸君らは気の毒がって、図師君と呼ぶ青年社長など、今しがた買い入れたばかりのコニャックの蓋をあけて、私に一杯さしてくれた。これが、アルメニアのうまいコニャックの飲みはじめで、私はまったく蘇る心地であった。

そのまま、ソチに行き、エレバンに行き、エレバンの何番とかいうコニャックを三瓶、手に入れた時の嬉しさといったらなかった。

フランスのブランデーも、スペインのブランデーも、もちろん大いによろしい。しかしエレバンのその何番とかという、地酒のコッテリしたからみつくような酔い心地は、天女ではなく、私にとっては、しみじみとした、地女の味がした。

残念なことに、蔵元で売ってくれたのがたったの三本だけで、これをなんとか日本まで持ち帰りたいものだと心中しきりに思ったものの、やっぱり夕暮れてくると、その地女の酔い心地に抱きとられたく、トビリシに着いた頃には、三本ともすっかりカラになってしまったのは、致しかたないわが身のトガである。

それにしても無念であった。那須良輔画伯など、ちゃんと三本、しっかりとそのエレバン何番を抱きしめて歩いている。あんなに、人の持ち物が、羨ましく、ネタましく思えたことはない。

が、ハバロフスクのドル市場を覗いた時に、愉快この上ないことを発見した。ちゃんとその、エレバン何番かを、三ドルで売っているのである。

エレバンではたしか、一本、四千円はした筈だ。

那須画伯などガッカリ気落ちして、

「もう、これ、飲んじゃってくださいよ」

と惜しげもなく、遠路運搬したそのコニャックを、私の前に投げだした。そこで、私はまたまた地女に抱きつかれる心地で、那須酒に酔いしれたが、後でわかったことだけれども、ドル市場のエレバン嬢は、地女は地女でも、ガタガタ落ちのコニャックであった。

ダンシチューと中村遊廓

なくなった尾崎士郎さんや、坂口安吾さんが、まだ伊東にいた頃、上京してきて、みんなで落ち合うといったら、たいてい、新橋駅前の小川軒であった。

そこで、私も自然と、小川軒に馴染んだが、その小川軒には、週に一度ずつは、きまって吉田健一氏の酔った笑い顔があり、カウンターのところには、ほとんど毎日といってよいほど、藤原義江氏の赭《あか》ら顔が見えていた。

私は、ビフテキも好きだが、しかし、タンシチューや、オックステールのシチューが格別に好きである。

タンシチューや、オックステールのこってりとした舌ざわりを口にしながら酒を飲んでいると、まったく人間に生まれ合わせた幸せが、体いっぱいにふきこぼれてくるほどだ。

しかし、大ホテルのような仰々しいところで喰ったり飲んだりするのは、面白くなくて、やっぱり、人のざわめきが、絶えず身のまわりにあるようなところ、例えば、その小川軒とか、神楽坂の田原屋とか、フランスでいうビストロに近いレストランの方がいい。

ところで、いつものことだが、私は店に入ったとたん、牛の舌にするか、牛のシッポにするか、いってみれば、頭尾の間に、一瞬苦悶するのである。

舌の、均分な肉質のうまみも一口ほしいし、シッポの、骨にからみつく、ねばっこいうまみも、一口ほしい。さりとて、両方とも注文してしまうと、二皿のシチューに悩まされた挙句、何のために、こんな大それた注文のしかたをしたろうかと、まったくの話、うんざりする。

ところで、いつだったか、小川軒のオヤジさんが、私の苦悶をあらかじめ、見てとったのか、

「タンとテールを半々にしましょうか？」

といってくれた。

「そんなこと、デ、できるの？」

と私はうわずったものだ。やがて運びこまれた、舌とシッポのほどよくあんばいされたシチューを見て、私はもちろんのこと大満悦。

その次から、小川軒に入るときには、

「タンとオックステールのアレ」

で、事は足りていたが、小川軒のオヤジも人が悪い。いつの頃からか、私の顔を見ると、

「ダンシチューでしょう？」

「ダンシチューでしょう？」
人前もはばからず、大声をあげるならわしになった。

□

さて、小川軒から、フッと尾崎士郎さんのことを思い出したので、なつかしいままに、少しばかり脱線しよう。

何年昔のことになるか、もう忘れたが、尾崎士郎さんと、林房雄さんと、私の三人、新橋の界隈で飲んでいたことがある。酔いが廻った頃だろう。

「最後の中村遊廓で、我々ひとつ、夜明かしで痛飲しようや」

という話になった。もちろん、提唱者は、尾崎士郎さんである。林さんも、私も、付和雷同して、一行には高橋義孝さんも迎えることになった。なにしろ、戦国時代の豪傑が輩出したゆかりの地の遊廓最後の日だから、私達が出掛けなかったら、ほかに、誰が弔うものがあるだろう。

約束の日の特急が東京駅を離れるより早く、もう列車の中は前夜祭の観を呈していた。

中村遊廓に上がり込んでからが、大変だ。呼び集められる限りの女を呼び集めて、まるで私達四人の、引退披露祝賀大公演のありさまになった。もちろんのこと、あたりが白むまでである。

尾崎士郎さんのはしゃぎようといったらなかった。いや、林房雄さんの大乱痴気騒ぎ。

高橋義孝さんときたひには、はいていたフンドシがなくなってしまったと、部屋部屋を探しまわっているありさまである。

さて、中村遊廓最後の日の宴も終わり、一眠りしてから、気がついたことだが、一体、会費がいくらになるか、想像も及ばない。はじめから、誰も聞いていないし、相談もしていない。

尾崎さんも持っている様子はなく、林さんも、高橋さんも、私も、あんなベラ棒な、桁はずれな、大宴会の会費など、持っている筈がない。

これが開店披露とでもいうのなら、宣伝のために、かなりの出血サービスということもあり得ようが、反対に中村遊廓最後の日である。

私達はウヤムヤのうちに帰ってしまったが、一体、どういうことになったのか、今もって、奇々怪々な一夜であった。やっぱり、尾崎さんが、あとの処理を、こっそり、つけてくれたものか……それにしたら、申し訳ないことをしたものだ。

話が脱線したけれども、ここいらで、タンやオックステールの話に戻すとして、北海道の札幌に、「北のイリエ」という、ひっそりとしたレストランがある。裏露地を入り込んだところに、まるで、かくれたようにして開いている店で、私は札幌に出かけるたびに、こっそりとこの店の閑寂を愛しながら、ビールを飲むならわしだ。

ところで、その「北のイリエ」のメニューには、「タンテル」という不思議な一品料理の名前が記入されてある。

いかなるものか、おそるおそる尋ねてみたら、「タンとオックステール」のシチューであった。ちょうど半々に盛り合わせた「ダンシチュー」なのである。爾来、私は大喜びでその「タンテル」に乗り換えたが、「北のイリエ」では、馬鈴薯の丸焼きなどもつくってくれて、一人で、こっそりと、旅の閑寂を楽しむには、もってこいの店である。

北海道の「タンテル」の話をしたから、今度は九州の風変わりな「オックステール」の店を紹介しておこう。

福岡の薬院の駅から、海の方に向かって、ほんの二、三分歩いたところに、「山本」という、「おでん屋」がある。おでん屋（？）といえるかどうか、「牛のシッポのおでん」という奴を売り出して、一杯飲ませる飲み屋である。

「おでん」ではない。牛のシッポを長時間煮込んだ挙句、醬油の味を手際よくしみつかせた日本式「オックステール」の店であって、白髪頭のオヤジさんの弁によると、子供の寝小便を直したい一心から、この料理を創出し、やがてこの料理の一杯飲み屋をはじめたといっていた。

その来歴も面白いし、その来歴を訥々と語るオヤジさんのことばをなつかしみながら、私はその日本式「オックステール」で一杯やるのを、喜ぶものである。

秋

信越国境に新ソバの妙味を訪ねる

ソバの原産地はバイカル湖のあたりからインドに及ぶアジア東北方の地帯であって、日本に伝来されたのは、朝鮮半島を経由して、八世紀のはじめ頃であったろうといわれている。

そのせいか、私が長春郊外でロシア人のバウス一家とくらしていた頃、時たま「グレチネグァヤ・カーシャ」というのを喰べさせられたことがあった。なんのことはない、「ソバの粥《かゆ》」であり、その「ソバ粥」にロシア人の好きな、例の酸敗したようなミルクをかけてすすり込むわけである。

このソバ粥の元祖は、もっと古いアジア民族の料理で、それを、ロシア人がシベリアにまぎれ込んでくるのと同時に、喰べならったのかもわからない。

いずれにせよ、日本に伝来されたソバは、伊吹山のあたりから、木曾路を通り、甲斐や信濃にひろがり、やがて日本の山間部にひろく播種《はしゅ》されるようになったのだろう。

私達がソバを喰べるといったら、ふつう「ソバ切り」のことだが、ソバをうどんのように「ソバ切り」として蒸籠《せいろう》の中で蒸したのは、甲州天目山がはじまりだという話とか、東大寺にやってきた朝鮮の坊主が、ソバ粉に小麦粉を混ぜる方法を教えて、はじめて「ソバ切り」が天下にひろまったという話など、さまざまある。

いずれにせよ今から三百年ばかり昔、江戸に「ケンドン（慳貪）ソバキリ」というものがつくられるようになって、下々のものが喰っているうちに、段々と、上流のものも喰べるようになり、「大名ケンドン」という座敷ソバもできるようになったと伝えている。

しかし、なんていっても「ソバ切り」が流布し、愛好され、ひろく庶民の生活に密着してしまったのは江戸であって、

ソバ喰ふや江戸の奴らが何知って

と柏原の一茶あたりから、ドナラレるかもしれないけれども、江戸という大都会が、ソバ切りを、自分達の一番馴染みの深い食品にまで変えたことは、いなめないだろう。

残念なことに、江戸はソバの名産地ではないから、もちろんのこと柏原とか戸隠とか、妙高に至る信越国境地帯の香り高く、コシの強い新ソバの妙味を味わうことは、むずかしい。

千曲川上流の川上だとか、伊吹山のまわりだとか、俗に「霧下」と呼ばれる高山の裾まわりの、高原地帯に少しばかり生産されるソバの名品を口に入れることはむずかしい。

今日私達が東京で喰べているソバは、北海道や、鹿児島や、宮崎あたりのソバならば、

まだ有難いほうで、アフリカだか、カナダだか、中国だか、産地などいちいち、わかりはしないのである。

それでも、江戸の名残りのソバに対する馴染みから、東京は、日本でも最高最大の、ソバどころであることに間違いない。

神田の「藪」でも並木通の「藪」でも、池之畔の「蓮玉庵」、永坂の「更級」、室町の「砂場」でも、西神田の「一茶庵」でも、二幸裏の「戸隠」でも、いやいや、もっと変わって、神保町の「出雲そば」でも、池袋の「一房」等々、それぞれの好みはあっても、東京は日本の一大ソバ王国をかたちづくっていることはあらそえない事実である。ソバの打ち方、ソバツユの調合、薬味、そのタネモノに至るまで、総合して考えたら、やっぱり江戸を継承する東京ソバ王国の真価はわかるだろう。

なるほど、伊吹山だとか、戸隠だとかその周辺のソバの香気は高く、腰は強く、薬味の大根オロシは、ピリリと辛い。東京も薬味に大根オロシを添える店は数える程であって、その大根もあらまし練馬の甘い、大大根《おお》だ。

だから、ソバのほんとうの香ばしい匂い、ソバの冷やっこくたしかな口あたりを味わいたかったら、やっぱり、ソバの名産地に出向いていって、入手のはっきりした新ソバを目の前で打ってもらうよりほかにない。

更級は、その昔はソバの名産地であったかもしれないが、今日では、戸倉や上山田の温泉郷であり、ソバ畑らしいものは激減した。

やっぱり、ソバの本場らしい本場は、千曲川上流の川上郷か、或いは一茶の柏原から妙高に抜ける信越国境の高原地帯、戸隠はもちろんその一角であって、戸隠から野尻湖の周辺をうろつき歩いていると「霧下」という感じがしみじみわかる。

山裾の高原に、霧がかかり、その霧が晴れたと思うあちらから、また霧が襲いよってきて、

そばは又花でもてなす山家かな　はせを

の匂いが思い出されてくるだろう。

しかし、行きずりの旅人が、いくら妙高高原の高爽の気に浮かされたからといっても、ノコノコとそこらの山家に入り込んでいって、

「お宅の畑でとれた新ソバをひとつ打ってくださいよ」

などと心臓の強いことはいえないだろう。仕方がないから、戸隠のバードラインの入り口の「大久保」にでも立ち寄って、本場のソバらしい感じを味わってみるよりほかにない。
□
そうだ、ひとつ、とびきり素朴な、山家ソバの店を紹介しておこう。それは信濃ではない、越後だが、国道十七号線を三国峠から長岡の方に向かってどんどんゆく。

やがて、六日町を越えて、五日町にさしかかるあたり、道路は坦々たる直線コースに変

わるだろう。

そのあたりで、八海橋という橋のありかを聞いてみるがよい。道を八海橋の方に右に折れ込んで、その八海橋を渡る。

八海大明神の在所をたしかめながら、もう一度、細い道を右に折れ込む。

山道は辛うじて車を通すだけになり、山家一つ見当たらない、淋しい山中に入り込んでゆくだろう。こんなところに、ソバを食べさせる店などある筈がないと思う頃、「八海大明神」の大きな石柱が立っている。

ここで車を降りて、セセラギの音の方に向かって谷間に下ってゆくと、八海大明神の社が見えてくる。

山上から流れ下ってくる水の音のほかには、声ひとつない。蛇のヌケガラがそこらに一つ、二つ。あたりには山の息吹きのような霧が、襲いよってきて、神殿が見えたり、かくれたり。

その宮前に「宮野屋」という、山家ソバの店が一軒あって、ワラジだのワラ草履だのを、吊るしている筈だ。

そこで、ソバを打ってくださいと頼むがよい。多少の時間はかかるかもしれないが、まさしく「霧下」の、自家の畑でとり入れた、新ソバを打ってくれること、間違いなしである。

私は、この数年来、八海山の「宮野屋」のソバほど、山家らしいソバを口にしたことがない。

名歌手に囲まれ「サボイ」の夜は佳なり

ロンドンではサボイにいた。と書いても、読者はなんのことだかサッパリわかるまいが、東京では帝国ホテルにいた、とでもいうぐらいの意味合いだ。

東京では帝国ホテルにいた、といったって、その泊まる本人の問題で、本人しだいではヘンテツもない話だろうが、泊まるのが、私であってみれば、事は重大である。

私は、ニューヨークだって、パリだって、いわば、木賃宿スレスレの安宿に泊まるのがならわしであり、常々、おのれの分を心得ていて、かりそめにもハメをはずすことはなかったはずだが、そのロンドンに関するかぎり、私はサボイにいた。

サボイもサボイ、五室付きの豪華絢爛《けんらん》、一国の総理級が宿泊するようなゴタイソウな部屋であったのだから、いま考えなおして、自分でもあきれかえる。

しかし、そのおかげで、サボイやシンプソンの「ロースト・ビーフ」や「鮭の温燻」の快味を存分に味わったのだから、人間、なにが幸せに変わるか、わかったものではない。

サボイのその総理大臣級個室に入り込んだのは、まったくの偶然が積みかさなったいきがかりからであって、そのはじめは、ブリティッシュ・ミュージアムにほど近い安宿にしけこんでいたものだ。

ギイギイと階段や寝台のきしむ、淋しい、うらぶれた、ロンドンの安宿であった。ところがだ。もともと上手でもない英語が、ロンドンの安宿で、何度も訊き返されてみたりすると、なにか、人間の値打ちでもたしかめ直されているような猛然たる反抗心に変わる。こんな安宿にいるからバカにされるのだ。どこぞ、ロンドン一の格式高いホテルに早くくらがえしなければ、と奇妙な虚栄心が昂じていった。

そこで、Y新聞のロンドン支局長に懇願して、サボイの一室をかり受けたまではまだよかった。ダブル・ベッドが一つ。バス・トイレ付き。可もなく不可もない。

ところがだ。ホテルの近所をうろついていたところ、東京で顔見知りの女の歌手に、ひょっこり会った。彼女は、サボイの真向かいのストランド・ホテルに泊まっているらしく、「来い」というから、彼女の屋根裏部屋をのぞいたのが、事のはじまり。

こんなところにくすぶっているくらいなら、いっそサボイの私の部屋に来なさいと、見栄をきったのは、おそらく私の部屋のベッドが、たまたま、ダブル・ベッドであったからだろう。

彼女は少しばかりの手廻り品を抱えながら、正直に私にくっついて、サボイにやってきた。日ごろ日本でやりつけていることだから、なんのさしさわりもないことだと、二人とも、タカをくっていたのが、騒ぎのもとだ。

さて、私はフロントで自分の部屋の鍵を取り、彼女と連れ立って廊下を歩み進んでゆくうちに、ボーイから呼びとめられた。ご夫人の旅券をお見せ願いますというのである。ボーイは彼女の旅券にシゲシゲとのぞき入っていたが、

「失礼ですが、ご夫妻ではございませんですね」

威儀を正して、声を低め、しかし決然と、

「これでは、お泊めするわけにまいりません」

「しかし、彼女はオレの秘書だよ」

「秘書?」

「そうだ。秘書。今夜いっしょに是非かたづけてしまわなければならぬ仕事がある」

自分でも聞いてあきれるが、あのときは、必死であった。

ボーイはしばらく当惑の表情で長嘆息したあげく、

「では、事務所付きの部屋にご案内いたしましょう」

やがて、私達が案内されていったところが、例の寝室、居間、事務所、秘書室、メード部屋付きの超デラックスな一角であった。

ふしぎな部屋にいると、ふしぎなことが次々におこるものだ。

彼女が日本の歌手のせいもあったろうが、モーリス・シュバリエだの、ジュリエット・

グレコだの、リーヌ・ルノーだの、名だたるシャンソン歌手に紹介されたり、酒を飲んだり、いやいや、有名な俳優で歌手のMは、そのご愛人といっしょに私の部屋にまぎれ込んできて、夜明かしの大酒盛になったりするありさまであった。

□

さて、前置きが長くなり過ぎたけれども、そのMが、

「ここの鮭の温燻はおいしいよ」

といって、ボーイを呼びよせ、部屋に運ばせてくれた、鮭の温燻のトロトロと軟らかく、まんべんのない肉質のうま味は忘れられるものではない。

いや、ホテルの外は、どこもここも時間ぎめの酒類販売が励行されているのに、この王国の内部だけは、次から次へと、指定の美酒佳肴が、際限もなく運び込まれる。

私は大酔して、勝手放題、出まかせのブロークン英語を乱発しながら、Mと肩を叩き合って、飲み明かしたのだから、まったくふしぎを通り越している。

調子に乗ったわけでもあるまいが、それからは、サボイの大食堂に、おそれげもなく入り込んでいって、手当たりしだいのごちそうを注文しながら、天下の美酒を卓上にならべるといったありさまであった。

なかでも、ロースト・ビーフ。

白服に金ボタンの男が、ワゴンの上にキラキラ光る金属の容器をのせて、押してきて、

蓋をあけると、巨大な肉塊が紫のけむりをあげている。

「これでよいか?」

と訊くから、

「イエス」

とうなずくと、その巨大な肉塊の中心部を、大庖丁でゆっくりとスライスして、さて、私達の皿にならべ入れてくれる。

その、ロースト・ビーフ。

外まわりは、チリチリとほどよく香ばしい焦げの色を見せているが、それから紫、茶褐色、だんだんとトキ色になり、やがて夜明けのように美しい肉の生色をのぞかせながら、さながらしたたるほどだ。

私は唾を飲みこみながら、もうまったくのうわずり気味。ソースをかけてくれるのも待ちきれぬように、黄色いトキガラシをつけて、その肉片にくらいつく。

一瞬、人間に生まれ合わせた幸せが、身うちいっぱいにひろがるあんばいで、またの世も、またまたの世も、こうして、ロースト・ビーフに齧りつきたい祈りのような気持ちが湧いてくる。

さて、そのデザートに運び込まれたものは、タピオカのプディングであったが、平素デザートなど気にもとめたことのないこの私が、ロースト・ビーフの余情に乗って、このプディングばかりは、しみじみおいしいと、そう思った。

シンプソンのロースト・ビーフも、ほとんど甲乙なく、やっぱり、ロースト・ビーフと鮭の温燻はイギリスに限る。

スッポン欠乏で欲求不満

九州の柳川にガメ煮という田舎料理がある。ニンジンやゴボウやコンニャクやタケノコなどを、鶏といっしょにウマ煮にしただけのもので、博多かいわいの筑前煮とか、どこにも類似の料理はあるのだが、ただ、ガメ煮という呼び名のいわれは何だろう。ゴタマゼ煮とでもいう意味合いだろうか。それとも、柳川の界隈で、「カメ」(亀)のことを「ガメ」といい、「スッポン」があのあたりでは代表的な「ガメ」だから、「ガメ煮」とは「スッポン煮」であり、その昔は鶏ではなくてスッポンを使った料理だろうか。

まったく、私の少年の頃までは、柳川の堀の中にスッポンがいくらでもいた。家の庭先の石の上などに、ノコノコ這い上がってきて、のんびりと甲羅をほしていたものだ。

その証拠に、といったらおかしいが、私が大学生の頃、坪井與(後、東映の専務)らと一軒の家を借りてくらしていたときに、やっぱりいっしょに同居していたMのところへ、柳川から大きな木箱を送ってきた。

その木箱にいっぱい穴があけてあって、よく見ると、「生スッポン入り」となっている。

Mの母親は、充分な学資が送れないものだから、せめて生スッポンを送って、その愛息に英気をつけてやろうと思ったのだろう。

私達は、そのスッポンで、大饗宴をこころみるつもりでいたところ、残念なことに、コンクリの水槽に入れておいたのが、雨がふり、水かさが増したのに乗って、スッポンに逃げだされてしまった。

あんなに口惜しかったことはない。しかしまだまだスッポンはそれほど贅沢なシロモノではなかった。いくらでもいたからだ。スッポンがガタベリしたのは戦後だろう。

『美味求真』の木下謙次郎氏は、氏の郷里である大分県の駅館《やっかん》川のスッポンを天下第一のスッポンだと大書しておられたが、今日では、もうスッポンなど、めったに見られなくて、どの川のスッポンが良いかなんという贅沢な口はきけなくなった。

おそらく、スッポンはもっとも高価な料理の一つになったろう。

私もスッポンは大好きだが、京都の「大市」などに出かけることは、新聞社の招待でもなかったら、ほとんどない。ふところが心もとないからだ。さて、そういうスッポンヒデリの最中に、実に耳よりな話を聞いた。

というのは、三宅島の大路池の中に、スッポンがいくらでもいるというのである。

スッポンは夜行性だから、「ハエ縄」を仕掛けとけば、いくらでも釣れるという話で、三宅島についたとたん、私はうわずったけれども、同行の小島団長（全国磯連盟）や、福田蘭童氏らは、ただ笑ってそういうだけで、スッポン釣りの方には一向に熱を入れず、マグロのトロールかなにかに出掛けてしまい、巨大なマグロを何本かぶら下げて帰ってきたものの、肝腎のスッポンはとうとう釣らず、私のスッポンヒデリに輪をかけられるような始末になった。

私はスッポンを自分で得心のゆくように煮たいのだ。木下謙次郎氏のスッポン談義ばかりを、ぼんやり指をくわえて、読んでいるなんて、手はない。

スッポンを自分で裂き、酒とショウガでトロトロと煮たいのだ。煮て喰ってみたいのだ。

ソビエトに出かけていったときに、オルジョニキーゼ丸の中で、同船が二度ばかり、大量のスッポンを日本に運んだという話を聞いたことがある。

このときも、こおどりして喜んで、ソビエトのスッポンをたらふく喰ってやろうと思い立ったのに、アムールでも、ボルガでも、こちらから、スッポンの話をいくらもちかけても、誰も相手にしてくれなかった。

スッポンヒデリはまだつづく。ついこないだ、柳川の民謡のようなものをつくった際に、古賀市長が、スッポンをやろうという話で、これまた私はうわずったが、どうしたわけかスッポンが「敷きゴザ」に化けて到来し、いたくがっかりしたものだ。

□

このようにスッポン運に恵まれない埋め合わせというわけでもあるまいが、海亀はやたらと、あちこちで頂戴した。

いつだったか、屋久島に出かけていったときには、ちょうどアカウミガメの産卵期であって、私も、屋久島の中学生といっしょに、その産卵の一部始終に立ち会った。

海亀の産卵は悲しいものだ。

砂を掻き散らし、その穴の中に、尻をふりふり呻くようにしながら、卵をうみ落としてゆくのである。中学生達は、その海亀の卵を掘りだして、行儀よく、その一部だけを埋め、あとを売って、学校の部費かなにかにあてていると聞いたが、私もその卵を買って帰った。

ちょうどピンポン玉のような、海亀の卵を、ビールの中に落とし込んで飲むと、むせ返るような海の味がする。

さて、海亀保護にあたっている人達には、申し訳のない話だが、海亀の肉は、屋久島でも、八丈島でも、喰べた。

どちらも、ショウガと、ショウチュウと、醤油で、味をつけてあったように思うのだが、少し、パサツくけれどもサッパリとして、おいしかった。八丈島は團伊玖磨氏の饗応によるもので、両「ダン」家から供養をされたものだと思えば、海亀もあきらめがつくだろう。

ところで、マイアミから南下して、島伝いのハイウエーを四、五時間飛ばしたところに、キーウェストという町がある。

古風な、スペイン風の、木造家屋がならんだ町だが、そのキーウェストに、巨大な海亀のイケスがある。アオウミガメのイケスであり、イケスの傍に缶詰工場があって、ウミガメのスープの缶詰をつくっているわけだ。

私は、キーウェストで、生まれてはじめて海亀のスープを味わったが、この頃は、東京のデパートにも、海亀のスープの缶詰は出まわっているようで、スッポンヒデリの欲求不満におちいっている私は、しばしば、その海亀のスープを土鍋に入れ、酒や、ショウガで匂いを変え、スッポン鍋をやらかしているような妄想を楽しむのである。

佐藤春夫邸の鮭の「飯ずし」

アキアジ。

なんともなつかしい呼び名である。北海道の人達が、その「アキアジ」を「アキアズ」などと発音すると、鮭の頭の「ヒズ」のあたりから、尾ビレに近い肉と皮に至るまでの、あのまんべんのない鮭の味覚の思い出、とでもいうか、舌なめずり、とでもいうか、にわかにその人の口のまわりが、しめり、ゆがんでくるようにさえ感じられるのだから、愉快である。

まことに、われら日本人にとって、鮭ほど、ひろく親しまれ、愛され、喰べられている日常の魚はすくなかろう。

ほかにも、「ハタハタ」とか、「タラ」とか、「ニシン」とか、北方の人々を有頂天にさせる大衆魚はいくらでもあるにはあるが、やっぱり、鮭ほど、日本人の広範囲な味覚に浸透してしまった魚はすくないのである。

「サケ」や「シャケ」に、ふつう私達は漢字の「鮭」の字をあててあやしまないが、これはどうやら、私達のあわてものの御先祖様が、「鮭」を「鮭」と間違えてしまったものらしい。字画が似ているからだ。

昔の中国では「鮭」が日本の「サケ」という魚にあてはまるものであったらしく、「鮭」は「フグ」のことをいうか、または魚でつくったオカズ全般のことをいったらしい。だから「鮭肝死ㇾ人」というのはフグの肝を喰うと死ぬということだ。「サケ」の肝に毒があるわけではない。「サケ」なら、もう、鼻マガリのその鼻の先から尾ビレまで、白子や、スジコや、ハララゴはいうに及ばず、肝や、腎や、皮はおろか、骨の髄まで、しゃぶりつくすのが、「鮭」に対するせめてもの供養だろう。

「鮭」が本来の「サケ」にあてはまる漢字でなくて、日本人によって間違われ、馴れ、なじまれ、しゃぶりつくされた特別の文字であったら、尚更、うれしいようなものである。

さて、その鮭だが、誰でも知っているとおり、川床の砂の中に産みつけられ、孵化した稚魚は、ちょうど雪どけの頃に五、六センチの大きさになって、海にくだる。

北海のどこをうろつくのか、満三、四年で充分に成熟すると、今度は産卵のために、あらまし、自分の生まれ故郷の川口に集まってくるらしい。

九月から一月にかけ、大群をなしてその川口のあたりに、押し合いへし合いし、やがて、真一文字に川のぼりをはじめるから、この時期に、大謀網、立網、差網、留網、ヤス突き、引掛け等によって捕獲されるわけだ。

さて、どこの鮭がおいしいか、などと通人ぶった口をきいたってはじまらないが、最近まで水戸の那珂《なか》川の鮭を第一等に数えていたそうだ。おそらく、東京に近くて、本場の鮭の味が、たんのう出来たからだろう。

「南部の鼻まがり」ははやくから有名だし、西別川の人は西別川の鮭、石狩川の人は石狩川の鮭、最上川の人は最上川の鮭、三面川の人は三面川の鮭、阿賀野川の人は阿賀野川の鮭と、どこにだって名品はある。

が、まあ、通常「シオビキ」として私達の口に入るのは「犬鮭」だろうし、生や「アラマキ」で季節と共に賞味できる、あの秋の気のしみついたような鮭は「銀鮭」だろう。「鼻まがり」というのは、生殖期に入った雄魚の鼻ッツラのあたりが、極端に突き出してきて彎曲するから、そのように呼ぶのであって、つまり雄鮭のことである。

新鮮な捕獲されたばかりの鮭は、どこをどう喰べたってまったくおいしい。

いつだったか、阿賀野川の川口近い松ケ崎で、とりたての鮭を分厚く切って炙《あぶ》ってもらったが、まるで全体にたぐいまれな香油を塗って焼き上げたかと思われるように、まんべんのない魚の香気と脂肪がにじみ出していて、鮭とはこんなにうまいものかとびっくりしたものだ。

また「スジコ」に醬油をたらし込んだだけのものが、これまた、新鮮で、したたるような口あたりであり、すすり込むのが、惜しいような気さえした。

「スジコ」は、誰でも知っているとおり、卵のブツブツがまだ皮膜に蔽われているもので、川をさかのぼる前の親鮭からとり出した卵であり、「ハララゴ」は産卵寸前、つまり、川をさかのぼった挙句の果ての親鮭の腹からとり出した卵だそうである。

□

そういえば、知床《しれとこ》半島の岩宇別で、やっぱり醬油をたらしてすすり込んだ生の「イクラ」つまり「ハララゴ」のひやっこいおいしさといったらなかった。

やっぱり、腹をたち割って、とり出したばかりの「スジコ」や「ハララゴ」は桁違いのおいしさであり、その「ハララゴ」をちょっとゆがいて、「目玉」といったか、「ヒズ」と一緒にオロシアエにした酢のものなど、贅沢きわまりのない酒の肴であろう。

あの時は、釧路の佐々木栄松画伯が一緒であり、

「冬になったら、ほんとうのルイベを送りましょう」

とそんなことをいってくれた。町の「ルイベ」は、鮭の肉片を電気冷蔵庫の中で手っ取り早く冷凍するだけのもので、ほんとうの「ルイベ」は、鮭一尾を、北海道の雪と寒気にさらすものだとか、聞いた。

佐々木さんは約束のとおり、そのルイベの鮭を一尾送ってよこしたが、これを削りとって喰べてゆくうちに、私は、はしなくも、スペインの「ハモン・セラノ」の味を思いだしたものである。

「ハモン・セラノ」というのは、豚の前足（後足？）のハムであるが、豚の足を丸ごとハムにして、これをピレネー山脈の雪と日光にさらすのである。

これを包丁でえぐり取るようにして喰べるのだが、スペインの赤いコッテリした地酒の葡萄酒によくあった。

佐々木画伯が送ってくれた鮭の「ルイベ」は、その「ハモン・セラノ」の高爽の味と、きわめて類似の味なのである。

佐藤春夫先生がまだ元気でおられた頃は、例年お正月には、鮭の「飯《いい》ずし」を御馳走になったものだ。おそらく、札幌の御令弟のところから、毎年送ってくるならわしだったものだろうが、赤い鮭の身や、イクラをゆがいた「目玉」などが、「飯ずし」の中に混じりあって、目にも口にも、かけがえのない珍味であり、これをいただかないと、正月が来ないような気さえしたものである。

しかし、贅沢ばかりいっておられない。

私は、朝ごとに買出しに出て、一皿三十円のアラマキの鮭の頭を見つけると、大あわてに買って帰る。夕方が待ちきれぬように、これを薄切りにして、酢にひたし、こっそりと「ヒズ」の酢のもので一杯やるが、少し気が大きくなったときには、家族にも恵むつもりになって、その頭をブツ切りにし、野菜と一緒に「三平汁」をつくるならわしだ。

菊の季節の横行将軍—蟹談義

むかしの重陽節とか、今の国慶節とか、そろそろ菊の好季節になってくると、中国では蟹《かに》のシーズンに入るわけで、北京でも、南京でも、上海でも、蟹のツトをぶら下げた男女達が、目の色を変えて、市場から、家路に急ぐ姿が見受けられるだろう。

日本では主として海の蟹を喜ぶから、日本海のズワイ蟹の解禁の日（今年は十一月六日）が待たれるだけで、あまりはっきりした蟹のシーズンというものは聞かないようだが、中国人が熱愛するのは「清水蟹《チンスイハイ》」であって、「清水蟹」のシュンは、むかしから「黄菊花ひらいて、紫蟹《しかい》肥ゆ」というとおり、秋から初冬にかけての、菊の季節にきまっている。

「清水蟹」とはどんな蟹だ、となにも心配することはない。日本でもあちこちにいるサワガニであり、ハサミに毛の密生したモクズ蟹のことだ。なーんだ、あんなモクズ蟹を中国ではそんなに大事がるのか、などといっちゃいけない。あの蟹なしには、中国の秋が深まらないようなものだ。

「横行将軍」というのも、「無腸公子」というのも、みんな、あの蟹にささげられた中国人の熱愛のことばである。

「左手に蟹、右手に盃、船を浮かべて飲んでりゃ、まんざら一生悪くない」という中国の有名な文句があって、今時これを口ずさみながら飲んでいたら、それこそ、紅衛兵からドヤシあげられるかもしれないが、ことほどさように、あのモクズ蟹を中国人は熱愛するのである。

秋がようやく深くなってくると、モクズ蟹の紫の甲羅が固くなってくる。そのミソと肉がムッチリとしまってきて、中国なら、どこの町、どこの家でも、しばらくは、蟹に熱狂する一時期だ。

ことさら、江南一帯の地に出まわる陽澄湖の蟹と聞けば、誰しもみんなヨダレを流すのである。

そういえば、もう八、九年も昔のことになるだろうか。国慶節に招かれて中国に出かけ、たまたま北京にいあわせた妹に、

「今ちょうど蟹の時期だけど、蟹は一体どこに売ってるの？」

「生きてる蟹ですか？」

「そうだよ、生きてる蟹さ」

「そんなら、東安市場《トンアンシイツァン》に売ってるでしょうけど」

「じゃ、連れてってくれよ」

私が、私にさしまわされていた自動車をそちらにむけようとするものだから、妹はあわてて、

「まあ、あきれた。この車で買い出しに行くつもり？」

「だって、オレが日頃東京でやってることを、北京だからって、やっちゃいけないの？」

とわが悪行の大家は、おそれげもなく、その車を東安市場まで走らせた。

いた、いた。横行将軍が、東安市場の箱の中で、右往左往、潮騒のような音を立てていた。さて、その蟹をいくら買ったか、市場の売り子が、実に器用に、藁《わら》のツトでぶら下げてくれたけれども、おそらく三、四十匹はあったろう。

おそるおそるその蟹をぶら下げて、車に乗り込み、その車を妹のアパートに向かって急がせたが、到着寸前、私の気のゆるみから、そのツトの裾が床についたと思ったら、バラバラバラバラ、蟹が全部、自動車の中に散らばった。

「早くバケツ！　早くバケツ！」

さすがの私も、青くなって、妹が持ってきてくれたバケツの中に、もがき散らばる蟹ドモを、拾い、つかまえ、投げこんでいったのだが、運転手はビックリして私を見上げる。まったく生きてるソラはなかった。

妹のアパートでは、草野心平だの、那須良輔だの、浜谷浩だの、稀代の悪紳士どもが、

「やあ、遅かったじゃないの？」

「なんだって？　蟹を落とした？」

などと、人の気も知らないで、いい気なもの、もう紹興酒でホロ酔い加減になっている。

私は汗ダクのその汗を拭うヒマもなく、バケツの蟹どもをゆがきあげたわけだが、

「こりゃ、うまいや」

「どこで買ってきたの？」

妹からは叱られる。国辱をしのんで、東安市場から、苦心惨憺、運んだ挙句に、自動車の中いっぱいに散らばしてしまった。その狼狽、そのひや汗、など、どこ吹く風ののんきさで、彼らはたちまちのうちにことごとくの蟹をたいらげつくし、

「足りないよ、檀君」

などと、草野心平氏はほざいていたものだ。

□

余談はさておき、中国のモクズ蟹の最もうまい喰べ方の一つを披露しておくけれども、まず、蟹をよく洗って、その足を動けないように糸でしばる。別に、こまかいオガクズを用意して、そのオガクズの中に刻みショウガや、刻みネギ、コショウなどをまぜておく。そこへ、上等の酒と酢をたらし込んで、オガクズにタップリしみつかせるようにする。

さて、オガクズで蟹のオモテをまんべんなく包み、さらにその上から、よくこねたネンドで団子にくるみこんで焼くのである。

ネンドが全体にヒビ割れてきたらしめたものだ。そこで、手早く、ネンドやオガクズをはらいのけ、まだ熱い蟹の身を好みの醬油でつつくわけである。

テマとヒマをもてあましている人は、モクズ蟹をとってきて、とっくりと研究してみるがよい。モクズ蟹なら、銀座や八重洲の「有薫酒蔵」で時々出すから、筑後川にいることは確実だし、なに、日本中どこにだっているはずだ。現に、青森県の蟹田にある太宰文学碑の前で、太宰治の旧友・中村貞次郎氏から、赤くゆで上げられた大山盛りのモクズ蟹を、ご馳走になったことがある。もっとも、出かける前に、

「蟹田に行くんだから、蟹だけは、タラフク喰べさせてくださいよ」

などと厚かましく、申し入れておいた。私のつもりでは、てっきり毛蟹だろうと思い込んでいたのに、出された蟹は、モクズ蟹であった。

というのは、三十五年も昔になるか。太宰治と二人新宿を歩いていたところ、太宰は道端に売っている夜店の「毛蟹」をおそれげもなく一匹買い、それをまっ二つに割って、半分は私にくれ、そのまま町を歩きながら、手摑みで、ムシャムシャと喰いはじめた。

今日のように、冷蔵冷凍の発達した時代ならいざ知らず、それもワタリ蟹のように見慣れた蟹ならまだしもだが、「毛蟹」は九州では、見たことも、喰ったこともない蟹だ。

私は太宰の野蛮さにおそれをなしたが、しかし、彼にしてみたら、日頃馴染みの蟹であり、その蟹に、新宿の町角で、ひょっこりめぐり会って、うれしかったわけだろう。私も

勇をふるって、その毛蟹に喰い馴れてからというもの、しまりがなくなり、世界中の町角で蟹を買い、蟹を喰い、ほとんど、蟹狂に近い。

さまざま喰った蟹のなかで、バルセロナの立呑屋であったか、塩ユデの小蟹のハサミだけを盛り上げた皿を見つけ出した時ほど嬉しかったことはない。一皿百円ぐらいのものだったが、一体、どうして蟹のハサミだけ集められるのか、私は不思議でたまらなかった。あとで聞いたことだが、地中海のなんとかいう島は、その網元の権利が蟹のハサミであって、船子は蟹を獲ると、ハサミだけもぎ取って、そのボスに献納するそうだ。私の喰った蟹のハサミは、まさしく、そのハサミであったろう。

鍋物で味わうマイホームの幸せ

そろそろ、チリや、鍋や、ヨセ鍋の好季節になってきた。

中国なら「火鍋子《ホーコーズ》」。朝鮮なら「神仙炉」。フランスなら「ブイヤベース」。日本なら「ヨセ鍋」などなど。

まったく、鍋物ほど、手っ取り早く、おいしく、暖かく、季節をごっそり投入して、千変万化の、その土地土地の、おいしさを満喫できるものはない。

ことさら「キノコ」が出まわる時期の、日本の、さまざまの鍋物にありつくと、またの世も、またまたの世も、人間に生まれ変わって、日本の山々、津々浦々をうろつき歩いてみたいものだと、そんな大それた気持ちにさえなってくるから不思議である。

鍋物はシャレたお店なんかで喰べるもんじゃない。これだけは、いかにモノグサ亭主でも、会社の帰りや、昼休み、ちょっと魚河岸の周辺でもうろついて「マダラ」でも「スケソウダラ」でも、なんでもよろしい、一尾ぶらさげて帰るぐらいの心意気がなかったら、喰うことなどあきらめて、人工栄養食かなにかで命をつなぎとめながら、一生働いてみるよりほかはないだろう。

さて、モノグサ亭主の、その細君も、亭主が「タラ」を買ってくると宣言した日ぐらい、髪をくしけずること入念に、お化粧は早めにすましておいて手を洗い、もしまだ買ってなかったら、少し大きめの土鍋一つぐらい、ヘソクリをはたいて、用意しておきなさい。

そこで八百屋に出かけ、白菜とネギ、大根と蕪《かぶ》。ついでにミツバかセリを一束きばってみるか。赤トンガラシを一本（一本だけは買えないから一束ということになるが）、キノコは松タケの前を行ったり来たり、バカバカしいと思ったら、思いきるのが賢明だ。養殖の千本シメジを一袋六十円かそこいらで売っているし、なに、生シイタケが安いではないか。それとも、ナメコにするか。いやいや、いつか、貰った乾しシイタケでもあれば、上等に過ぎる。

ユズか、スダチか、なかったらレモンを一個。あとは、豆腐屋をまわって、豆腐とシラタキを買い求め、野菜類の下ごしらえを入念に、あとはモノグサ亭主の御帰館を待つ。ところで、ダシコブはありましたか。なければ急いで、乾物屋に走り、ほどよい大きさに切った昆布を一枚、土鍋の水の底に沈めておこう。

それでもモノグサ亭主がまだ帰らなかったら、腹イセのつもりで、大根をまっ二つに切る。大根の皮をむいて、切口からまっすぐ縦に箸を通し、その穴の中にタネを水洗いして抜きとった赤いトンガラシを、箸を使って、上手にさし込む。そのトンガラシ大根を細かな目のオロシ金にあてながら、心静かにモミジオロシをつくってゆこう。ほかには薬味のサラシネギと、薄くそいだユズの皮だけで充分だ。

デカシタ。モノグサ亭主が、スケソウダラを一本ぶらさげて帰ってきたぞ。そこで、大いに、おだてたり、すかしたり。ついでのことに、タラをブツ切りにしてちょうだいよ、といってみるのである。

「うまく切れねえ」とモノグサ亭主が答えたら、

「男の手切りでなくっちゃ、チリのタラはおいしくないんですって……」

とやるのもいい。なーに、タラのブツ切りならモノグサ亭主の腕前で充分だ。マコやシラコが出てきたら、これは大切に洗って魚といっしょに皿にならべる。

そこで、土鍋のガスに点火する。シラタキを入れる。タラを入れる。煮える順序に野菜を入れ、サラシネギと、モミジオロシを取り皿に入れて、スダチやユズやレモンの酢醬油で、タラチリをタラフク楽しむしだいである。あらかじめ、塩と醬油でチリ鍋に薄味をつけておくのも悪くない。

酒を二本でも、添えたりしたら、亭主はにわかに感奮興起して、毎週でも、タラを買って帰るような変異がおこらないともかぎらない。

もちろんのこと、北陸から、東北、北海道の現地で入手できるタラの類は、その鮮度が桁違いだし、マツタケ、シメジ、キダケ、ミミタケなどなど、さまざまの香り、舌ざわりのキノコの類がチリの伴奏をやってくれるから、そのおいしさが、倍加するのはあたりまえの話である。

鮮度の新しい、シラコやマコは、チリのなかで、生々躍動するような心地さえされる。フグのチリ、タイのチリ、タラのチリ、アキアジのチリ、ソイのチリ、ハタハタのチリ、などなど。まったくチリ万歳で、そのチリの中に、松タケだの、マイタケだの、シメジだの、入ってくれたら、まったく贅沢を通り越してしまったようなものだ。

これを帆立貝の貝の中で、ショッツルをたらし込んでつつけば、ショッツル鍋であり、シュンギクだの、セリだの、一瞬の匂いで舌を洗うような心地のする野菜の類を、あいだに混じえて喰べていたら、秋夜のたのしみは尽きることがないだろう。

チリや鍋は、まちがっても、高級料亭などで、深沈と、かしこまって、喰べるものではない。

ことごとく現場の混沌をよせ集めたような料理だから、タラをブラ下げてきてくれた漁師があり、キノコを拾いとってきてくれた青年あり、酒を抱えてきてくれた友人があれば、じゃあどこかのオババの炉端でも借りるかと、みんなゾロゾロとオババの家に上がり込む。その炉端につるした鍋の中に、秋のしあわせをみんな放り込むようにして喰べるのが一番愉快でうまいだろう。

□

だから、キリタンポなども、秋におごる日本的鍋物のもっとも優秀なものの一つである。比内鶏《ひないどり》（秋田県の比内地方の鶏）が落ち穂を拾った後などと、そんな贅沢をいわなくても、そこに鶏のブツ切りがあり、マイタケがあり、ネギがあり、ゴボウがあり、セリがあり、豆腐とコンニャクでもあったら、もう日本一の果報者になったような気持ちになってよろしい。

米だけはなんとか新米を誰かにかついできてもらって、ウルチ九なら、モチゴメ一。これをたき上げた瞬間、スリ鉢にでもうつして、スリコギでトントンとねる。

半分つきあげたような餅を、竹の棒に、竹輪のように巻きつけて、これを炉の火であぶるわけだが、あんまり柔らかくゴハンをたくと、焼く間に、こぼれ落ちる危険がある。さて、こんがり色のついたキリタンポは竹からはずして、切るのもよし、手で折るのもよい。

別に昆布や、酒や、ミリンや、トリガラや、醤油などで、お吸い物よりちょっと濃い目の好みのダシをつくり、このダシの中に、トリ、コンニャク、豆腐、マイタケ、ササガキゴボウ、ネギ、セリ、それから肝腎のキリタンポを放り込んで、炉端でつつき合うのである。

ソダ火はパチパチとはぜるだろう。紅葉は赤く、酒は五体にしみわたり、キリタンポは、崩れるように、口中にとろけるわけである。

報道班仲間と堪能した中国の美味

この間、ある雑誌に「湯包子《タンパオズ》」のことをちょっとしゃべって記事にしたところ、たくさんのお手紙をいただいた。

湯包子というのは、シュウマイ（焼売）などと同様に、中国の点心のひとつで、たとえば私が、報道班員として昭和十九年から二十年にかけて漢口をうろついていた頃、その漢口の花楼街というゴミゴミと狭い盛り場の入り口のところに、まるで鰻の寝床のように細長く小さい店があり、ここの名物は湯包子で、えらく繁昌していたものだ。

もう店の名まえもすっかり忘れてしまったが、なくなった高見順さんや、伊藤永之介さん、いやいや、若い頃の漫画家の荻原賢次君などと、毎日のように、ここの湯包子を喰べに出かけていったものである。

さあ、一セイロいくらぐらいのものだったか、今日の物価に換算しても、せいぜい二百円かそこいらの値段だったろう。

というのは、その湯包子は、必ずセイロに詰め合わせて、蒸して持ってくるわけで、大きさは、ひとつひとつが日本に市販しているシュウマイの半分ぐらい。蒸したての、その熱い湯包子を、ちょっと取り皿のカラシ醤油につけて、口の中にほおばると、コロモの間から、ジューッとスープが口いっぱいにひろがるのである。湯《タン》はスープだから、その名の示すとおり、スープをくるみこんだ包子《パオズ》であった。

こいつはおいしかった。おまけに、その湯包子のセイロの底には、いちめんに乾燥した松葉が敷きつめてあって、かすかな松葉の香りが、包子の油くささを心地よく消している。

湯包子なら、北京でも、南京でも、もちろん喰べたが、私は通い馴れたせいか、漢口の花楼街の湯包子を、私の喰べた湯包子に関する限り、第一等に数えたい。

さて、包子をつくることは粉皮《フェンピ》さえあれば、大してむずかしいことでもなさそうだが、そのスープを、どうして、コロモの中に注入するのだろうか？

私は、そういう疑問をしゃべっておいたところ、実にたくさんのお手紙をいただいた。たとえば、木田文夫氏、石原沙人氏、関口良氏等々、からである。

さて、その解答は実に簡単であった。豚骨などをよく割って、ドロドロに煮つめ、そのゼラチン質の多いスープを冷たいところで煮こごらせた挙句、コロモの中に手早くくるみこんで、一気に蒸しあげるのである。聞いてみれば、なーんだだが、包子のなかから、ジューッとおいしいスープが溢れ出してくると、その玄妙さと愉快さに、地上には面白い喰べ物があるもんだなとつくづく感心したものだ。

こった高い料理なら別である。湯包子屋といったら、中国では大抵、立喰屋なみの、庶民の店であって、戦後日本にハンランしたギョウザ屋なみ。そうだ、ギョウザギョウザでシノギをけずるより、東京にも一軒ぐらい湯包子を売り出す店ができたってよさそうなものである。

電気冷蔵庫が発達したから、固いニコゴリをつくるぐらいのことはわけはない話で、それを粉皮のコロモの中にくるみ込むだけだから、私が原稿をやめて、いっそ湯包子屋をはじめたってよさそうだ。考えてみると、当時の中国には電気冷蔵庫などなかったんだから、おそらく、普通の冷蔵庫で煮こごらせていたか、いやいや、北京や漢口がそろそろ冷えこんでくる秋冬の料理だったかもわからない。

北京だったら、冬分だと、零下十度ぐらいには気温が下がる筈で、湯包子に入れ込むニコゴリなどたちまちカチカチに凍りつくだろう。

そういえば、こないだ、実に久しぶりに漢口の仲間の、渡辺はま子さんに会った。

おなじ報道班員で、あの時いっしょに出かけていった人達を順序かまいなく数えあげてみるなら、服部良一氏、佐伯孝夫氏、石黒敬七氏、高見順氏、伊藤永之介氏、荻原賢次氏、渡辺はま子さん等々であった。

私達の給料はおしなべて、月給五千元ずつで、今の金額にしたらはたしていくらぐらいになるか、はじめはそれでもちょっとした高給取りの筈であったが、二カ月もたたないう

ちに、肝腎の元が大暴落をくりかえし、

「これじゃ月給をそっくりはたいてもパンツ一枚買えなくなるわ」

と、その渡辺はま子さんがぼやいていたとおりのテイタラクであった。

湯包子を喰べるのが精いっぱいの贅沢であって、渡辺さんが、あちこち軍慰問の歌を歌って、酒だの、ビールだの、ウイスキーだの、バターだの、高級食糧を運んできてくれなかったら、我々はどんなにみじめだったかわかりやしない。

ただ、中国の街々には、北京でも、南京でも、漢口でも、広東でも、貧寒な庶民が出入りできる、安い、おいしい、実にさまざまな軽食堂があって、私達は、大暴落をくりかえすその紙キレ同然の紙幣を握りしめながら、これらの軽食堂で飢えと、鬱を、まぎらわしたものだ。

たとえば「湯元《タンユワン》」といっていたか、熱いスープの中に浮かんだ肉とアンコと二種類の、カンザラシ団子のような小さい団子汁を売っている店があったり、また「蓮子湯《レンズタン》」といったか、蓮の実の芯の芽を抜きとったものを、甘いスープで煮込んだ、いわばオシルコ屋があったり、「糯米《ノーミー》のなんとか……」もうその名まえも忘れたが、肉団子のまわりに、モチ米をまぶして蒸しあげた、しゃれた点心屋があったり、とにかく、そこに店があり、貧寒な人々が大勢つめかけているところを見つけたら、そこに入り込んで、彼らの喰べているものは、なんでも喰べてみた。

□

その時の習慣から、私は一人で欧米をうろついても、ホテルやレストランの食事は、一週間に一度ずつぐらいにし、あとは町の中をほっつき歩いて、なるべくゴミゴミした、なるべく裏町の、立喰屋や、立飲屋で、腹をみたす流儀に馴染んだのである。

立喰屋と、立飲屋に関する限りは、やっぱり、スペインが一番おもしろい。たとえば、エビの塩ユデだの、ビナかホーゼのような貝の塩ユデだの、イカやタコの油いためだの、なんとなく日本人の郷愁をさそうような海のモノが、皿にいくつもならべられていて、私はただ、

「これ」

とその皿を指さすだけでこと足りる。あとはサングレランかなにか、土産の安葡萄酒を飲んでればいい。

パリの立飲屋はどうしたわけか、ユデ卵ぐらいしか置いてなくて、パリで飲もうとすると、勢いレストランに入り込んでしまうことになる。

ドイツの町々の立飲屋は、喰べ物の種類は少ないが、ボックブルスト（ソーセージ）とか、シャシュリーク（羊の串焼き）とか、手軽なヤツを手摑みにしながらムシャムシャ喰って、ビールを一杯。つぎにキルシュ・バッサー（焼酎）一杯。つぎにまたビール一杯。つぎにまたキルシュ・バッサーで、満腹酩酊に至るから、安直で、充実するのである。

青バナ垂らしたカキの快味

もう十年もあまりの昔になろうか。

佐藤春夫先生ご夫婦と、九州に出かけていって、柳川の荒巻家に、いわばおしかけ民宿をこころみたことがあった。宿屋に泊まるのもよろしいが、相手の迷惑さえ考えなければ、その土地土地の味わいは、その土地土地の民家に泊めてもらうに限るからである。

先生は大変なご機嫌で、奥様も大喜び、魚市場の見廻りに出かけていったり、その市場近い立ち売りの店で、バアさんが見事なカキをむいているところに、出くわしたりした。

それは、いってみれば「カキがハナ垂れを笑う」というとおりの、ミズミズしい、カキのお腹のなかいっぱいに青バナを垂らしたような、大ブリの日本的カキの逸品であった。

「まあ、おいしそうなカキ。酢ガキにして、いただいたら、きっと佐藤が喜びますわ」

と奥様があやうく財布の口を開かれようとする有様であったから、

「ちょっと、待ってください。あとで、くわしく事情を説明しますから……」

と私は、いま考えると、まったく不粋なとめだてをしたものである。

　私一人だけならば、喉から手が出るほどに、そのカキが喰べてみたかった。あの大ブリのカキを、大根オロシと塩水でサッとザル洗いをし、その上に、ユズの酢をでもかけて、すすり喰ってみたら、どんなにおいしいだろう。

　しかし、私の少年時代、ロッキュウ（漁師）の家に出かけていって、酢ガキをタラフク馳走になった挙句、

「一雄坊チ。太うしてうまかろが、このウチガキは……。春先から、メイ晩メイ晩、オリ（俺）がコヤシば、うちかけとるけんがら（春先から、毎晩毎晩、コヤシをかけているから）」

「ほんなコツかん（ほんとうのことか）？」

　と私があわてふためくのを尻目に、

「なんのスラゴツばいおうかい（どうして嘘などいうものか）？」

　漁師は豪快に笑いとばしたものだ。ひょっとしたら、焼酎の勢いに乗ったその場の冗談だったかもわからない。漁師特有の、偽悪趣味をまじえたコケオドシだったかもわからない。

　しかし、私はそのとき以来、有明海のカキは、糞尿を浴びて育つものだと信じこんでしまったのである。

　時代も変わった。もう半世紀昔の、嘘かまことか、わけはわからない漁師のヨマイゴトなど気にして、このすばらしい郷里のカキを、自分の恩師に賞味してもらえないというの

は無念だが、私のその場の危惧《きぐ》の気持ちはいつわりようがなかったのである。

万が一、先生に下痢でもされたら、私にしてみたら、切腹しても事足りぬだろう。そこで、その昔話を先生ご夫妻に取りついだところ、

「人参やゴボウでも、まあ、そんなものだが、じゃ今回は残念だが、沖端《おきのはた》のスガキは取り止めということにしようか」

と先生は寛闊に笑ってすまされた。

有明海の三年ガキ。あの、青バナを垂らしたような、トロケるような、ウチガキの快味をとうとう先生に味わってもらえなかった無念さは、今でも、生涯の後悔となってつきまとっている有様で、私はその弔い合戦というわけでもなかろうが、そろそろ寒さが加わってくるころになると、毎年、柳川の酢ガキを堪能するしだいである。

まったく、日本は、カキにはめぐまれている。

気仙沼のカキ。松島のカキ。的矢のカキ。広島のカキ。有明海のカキ。

西欧ではRの文字のつく月（九月—四月）のカキでないと喰べないし、それにはそれなりの理由、たとえば産卵期をはさむ前後の時期のカキがまずかったり、腐敗しやすかったりするわけだろうが、日本だってやっぱり、カキはなんといっても、秋が深まってから先だ。

しかし、おととしの夏だったか、鳥取の「民芸食堂」で、浅沼喜実さんから、まるで海

ゴケのへばりついたような見事な夏のカキをご馳走になったことがある。

また、今年の夏は、輪島でも、糸魚川でも、大きな、海藻のからみついたカキにありついたから、北陸、山陰一帯の地は、夏のカキもなかなかいけるわけだろう。

□

ところで、フランスで賞味するカキは、ブロンでも、マレーヌ・ベエルトでも、貝殻は平べったく、ほぼ円形で、中の肉もエラが大きく、お腹が小さいカキである。

日本のカキのように青バナ垂らした趣のあるカキは、ボルチュゲーズとかクレールとかいって、ずっと値段も安くなる。

八年ぐらいむかしの値段だが、ここに「クーポール」のメニューがあるから、参考までに記してみると、ブロンの特上が一ダース千五百二十フラン。マレーヌも同値。クレールになると最上のものでも、六百フラン。当時の日本の値段でブロンやマレーヌが一ダース千三百円ぐらいに当たるようだし、クレールが五百円ぐらいだろうから、今日のパリではブロンやマレーヌは、おそらくダース二千円を超えているだろう。ついでにいっておくけれども、クレールというのは浅い海で養殖したポルトガル種のカキらしく、どちらかといえば、日本のカキに似ているヤツだ。

フランス人は、そのカキの殻を半分はずして氷の上にならべ、レモンをかけて賞味するわけだが、さあ、こうして生食するなら、ブロンとかマレーヌとか、私もフランスのカキに軍配をあげておこう。

パリの町では、そこここ、屋台の車に、カキをならべ、ウニをならべ、レモン添えで立ち喰いをさせてくれるから、私は葡萄酒を一本ブラさげて、その屋台の前に立ち、大いに気をよくしたものである。もちろんのこと「クーポール」なんかより、桁違いに安い。

しかし、カキフライだの、カキのドテ鍋だのにするのなら、日本のカキ万歳であって、青バナ垂らしたような、ボッテリお腹のふくらみあがった、日本のカキでなかったら、あの豊満なカキのうれしさには、めぐりあえないだろう。

どだい、フランスに、日本式カキフライなどないので、フライ様のものといったらカラ揚げみたいなものか、ソース・ショウ・フロアにくるみこんで揚げた贅沢なカキのフリットだ。

いやいや、ブロンだの、マレーヌだの、気どったことをいうよりは、やっぱりムキ身の日本ガキを、大根オロシでそっと洗って、ユズでも、ダイダイでも、カボスでも、スダチでも、しぼり込み、惜しげもなく大食できる日本万々歳なのである。

だから、間違っても大腸菌をくっつけたようなカキは売り出さないようにお願いしたいし、有明海の豪快漁師達も、五十年昔の糞尿飼育の伝統（？）だけは（もしあればの話だが……）やめてほしいものだ。

日本のカキは安くてうまい。生食の世界一の名は、かりに、ブロンだの、マレーヌだの、アメリカ西海岸の小さなカキ、オリンピアなどに譲ったって、日本はうまい実《じつ》を喰っているんだから、つくづくとありがたいものだ。

禁鳥ツグミの味

この間、ある週刊誌の女性記者が、

「ズバリ、十一月のおいしいものを探すとしましたら、どことどこへ行って、なにとなにを喰べたら、よろしいでしょうか？」

と、そのまま現地を探訪するような口ぶりになった。そこで、私は多少の意地悪を覚悟して、

「じゃ、ね。木曾の大鳥屋《おおどや》に行って、ツグミを喰べ、その口直しにロウジのツケ焼きというのはどうですか？　それとも、五島の福江島に行って、キビナゴの海スキにする？　もっと渋くてよかったら、気仙沼《けせんぬま》でドンコ汁をでも食べ、その対岸の島の十八鳴《くくなり》浜で、新しい松藻をでも探すんですね」

といっておいた。どれも嘘ではない。ただ、多少実現が困難なだけである。

実現が困難というよりも、いまどき、木曾の大鳥屋などにノコノコ出かけていって、カスミ網にかかったツグミをサカナに、大酒をでもくらっていたら、逮捕されないほうがよ

っぽど不思議であろう。

しかし、ズバリ、十一月のおいしいもの、などと訊かれるから、意地でもツグミと答えるほかにはないのである。

もう、ずいぶん昔のことだ。私は知る辺があって、島崎藤村の馬籠《まごめ》から、木曾の山中に、かなりの道のりを歩いていった。秋の夕暮れのことである。

モミジがどう形容しようもないように美しかったことと、足が棒のように疲れきって、とうとう動けなくなったことだけを、ハッキリと覚えている。

しかし、もうそこが峠であって、峠からちょっと下った山腹に、目指す大鳥屋が立っていた。大鳥屋などと、名まえは壮大だが、まん中に囲炉裏が掘られているだけのちっぽけな掘立て小屋である。それでも私は、命からがら、その小屋の中にもぐり込んで、酒もそこそこ、ブッ倒れるように眠りこんだ。

翌朝は早かった。

「来るぜ、来るぜ」

とたたき起こされ、寝ぼけ眼をこすりながら、小屋から這いだしてみると、まだ満天の星である。しかし、地平の果てのあたり、ウッスラとした一条の曙光があり、やがて朝嵐の声が湧いてくる。

と思っているうちに、「キイキイ」「キイキイ」と小鳥の鳴き声が聞こえ、谷の風と揉み合うようにひるがえりながら飛ぶツグミの群れが、峠に向かって押しよせてくると思ったら、バタバタ、バタバタ、網の目に落ちていった。まったく、際限がないのである。そのうちに、あたりは、まばゆいモミジの朝焼けになり、遠く雪をかぶった山いただきが見えてくる。

私たちは炉端に坐って、そのツグミを炙《あぶ》り焼きながら、朝の酒にしたが、あんなツグミは、もう生涯二度と喰べられるものではない。その昔、ツグミは嗣身《つぐみ》といって、延命の願いをこめながら、正月の膳にならべて喰べたものらしく、十月のなかば頃、シベリアから渡ってきて、十日、二十日あまり、落ち穂を拾ったツグミが、桁違いにおいしいわけだろう。

ツグミのハラワタの塩辛も、またコッテリと脂がにじんでおいしかったけれども、その合い間合い間の口直しに、焼いては喰べるロウジの口ざわりが、なんともいえぬほど、すばらしかった。ロウジは、関東の北の方で「黒ッ皮」と呼んでいるキノコだが、木曾の山奥では、どの家でも、乾燥して、一年分の使い量を貯蔵しているようだ。

しかし、戦前のツグミのうまさの思い出など、いさぎよくあきらめたほうがよさそうだから、昨年の十一月には、解禁の日を待って、笛吹川畔のキジ鳩をせしめに行った。甲府の青年猟友会の諸君らが、待っていてくれたからだ。

キジ鳩がまた実にうまい。あのキジ鳩を葡萄《ぶどう》の葉でくるみ、その外側から、ベーコンでサシアブラをして、オーブンで焼いて喰べると、まったくうまい。

だから同行の辻淳君に、現地で葡萄の青葉をたくさん塩漬けにして保存しておいてくれるように申し入れておいたのに、辻君がウワのそらで聞いていたのか、葡萄の葉の用意はなく、キジ鳩五、六十羽を、あたら、塩焼きタレ焼きだけで喰べてしまったのは、つくづく残念であった。

□

さて、キビナゴだが、キビナゴは錦江湾でもたくさん取れるから、鹿児島の町に入りこみさえすれば、いやでも、キビナゴの刺身は喰べさせられる。

お腹に、ダテな銀色の一本ドッコをきらめかせた、見るからに、スマートな十センチあまりの小魚だ。ただし、鮮度が問題で、これだけは、取れた！　喰べた！　でなくっちゃ、お話にならない。

キビナゴは、天草でも多く取れ、また五島でも、十一月の声を聞くと、キビナゴ漁の最盛期に入るから、ひとつ、福江島のキビナゴの海スキはいかがかと申し上げたわけである。

新しいキビナゴなら、どうして喰べたっておいしいもので、「キビナゴの料理を十三通りつくってみせるから、早くいらっしゃい」と、五島自動車の高橋さんや、又野さんは騒ぐけれども、私はあわてない。しかし、まあ、土地の流儀に、海スキふうの鍋にして喰べるのが、おもしろいだろう。

「中へ沈めてしまっちゃいかんですよ。ほら、こげなふうに、キビナゴを入れるでしょう。沈みかかった半煮えのところで、喰べる。これが一番ですよ」

といやはや、叱られに行ったみたいだが、どのように喰べてみたって、新しいキビナゴはおいしいにきまっているのである。しかし、まあ、福江の「滝子の店」にでも行って、一度は、キビナゴの鍋をつついてみるがよい。

ところで、気仙沼のあたりから、三陸かいわいの海にかけて、松藻という藻がとれる。いや、牧野博士の『日本植物図鑑』によると、千島から犬吠岬のあたりまでひろく分布するとなっているから、実はあちこちにあるのだが、気仙沼のあたりで、格別熱心に採取するし、岩手県や宮城県でよく喰べるとでもいっておこう。

味噌汁の実にしておいしいし、白和《しらあ》え、酢味噌、なんだってよかろうが、ただ採取の時期が十一月頃からで、三、四月頃の若芽を、「一番若芽」と呼ぶならば、「一番松藻」は十一月ということになるだろう。

私は十八鳴《くくなり》港で、十一月の松藻を苅る婦人の姿を見たが、なにか上代につながるような幽遠な心地がしたものだ。

さて、気仙沼のドンコ汁も、そろそろおいしくなる時期であり、三陸地方に出向いたら、「ドンコ汁」と無理にねだって、一度つくってもらったらよいだろう。

もちろん、南の方の（淡水魚の）ドンコとはまったく違っていて、身のやわらかい、黒い、鱈のような魚だったが、身だけをほぐし入れて味噌汁に仕立てるわけだ。しかし、そのドンコのほんとうの魚名に関して、私はからっきしの不案内である。

冬

雪間近い北国の香魚・玄魚

先回ちょっとふれておいた気仙沼のドンコ汁のことからフッと思いついたのだが、糸魚《いとい》川《がわ》のあたりに「コウギョ」の味噌汁というのがある。

喰べてみると、魚の皮の表面に強いヌメリがあって、いやヌメリというよりヌメル皮膜をかぶっていて、一種形容のできないツンと癖の強い香りがするから、もしかすると、「香魚」と書くのかもわからないが、私には不思議な珍味に思われた。

悲しいことに、私が魚類の知識に乏しいから、「コウギョ」などといわれると「ハア」とかしこまってひきさがるだけで、一体よそではなんていっている魚だか、また学名がなんであるか、サッパリ見当がつかないのである。そのとき、

「コウギョもいいが、味噌汁はゲンギョに限る」

とそういわれた。「コウギョ」でさえ、びっくりしているところだから、「ゲンギョ」とはまたいかなる魚か、私は大あわてにあわて、

「ゲンギョとはどう書きますか？」

「天地玄黄の玄です。ほら、玄妙の玄」

と答えられて、いよいよ度肝を抜かれたあんばいになり、そこで根掘り、葉掘り、その玄魚のあらましのもようを訊きただしてみたところ、話がなんとなしに「オコゼ」のようすと似通っているようだ。

あとで現物を見せてもらったら、なんのことはない、やっぱり「オコゼ」そのものなのである。

「オコゼ」なら、なるほど、味噌汁にうまい。「オコゼ」なら、味噌汁だって、お雑煮だって、カラ揚げだって、フグ造りだって、なんだっていける。「オコゼ」なら、どこでも見られる魚だけれども、土地土地によって、名まえがあやしい相違を見せるから、私たち素人は、大いに苦悶するわけだ。

たとえば「ドンコ汁」や、「コウギョ」の味噌汁や、柳川の「ワラスボ」の味噌汁など、その味の玄妙さもあるにはあるが、しかし、名まえがなおさら、味を神秘化させてしまっているのかもわからない。

たとえば「これはオコゼの味噌汁です」といわれれば、「ああ、そいつはありがたいや」ですませるが、

「これは玄魚の味噌汁でして……」

などといって出されたら、私はかしこまり、汁をすすっては物思いにふけり、その魚の

身を舌でなめまわして、思い入れよろしく、

「はて、玄妙な味ですね」

などということにもなりかねないだろう。

だから私は、あまりモノモノしい料亭などに入るのが、大の嫌いなのである。モノモノしい料亭の座敷などに飾りたてられると、イトカボチャの三杯酢だって、

「さて、それは中国のファッアイではないか?」

と無用の妄想をおこしたりするのである。

そこで、なるべく、人だかりのした、おでん屋だの、一杯飲み屋だの、気楽な食堂に入り込んでいって、明々白々、「トンブリ」は「トンブリ」のように、「ハタハタ」は「ハタハタ」のように喰べるのが一番うれしいことだ。

いつだったか、弘前の踏切近い一杯飲み屋で、ストーブにあたりながら、地酒を飲んでいたところ、向こうの隅のオッさんが異様なサカナを喰っている。なにによらず、土地の人が喰っているモノが、その土地では一番うまい酒のサカナに相違ないから、

「オレもあれを!」

と指さした。

私の前にさし出されたその皿の中は、よくよく見ると、ミカキニシンと味噌と、ニンニクのようである。長いままのミカキニシンは、煮てもなく、焼いてもなく、そのまま市場

から運びこんだように見事ではあるが、一体、どうして喰べてよいのか、私はとまどった。このストーブで焼けということか？　しかし、ストーブのあちら側にいるオッさんは、焼いたような気配をまったく見せず、手摑みのまま、味噌をくっつけて、齧《かじ》っている。そこで、私も思い切って、その長いミカキニシンを手摑みにし、先方のやっているとおり、味噌をつけ、齧ってみると、これはいける。

そこで熱燗をキュッとまた一杯、先方のオッサンがやっているとおり、ニンニクを一齧りしてみたが、これもいける。

私が笑ったら、先方のオッさんも笑いかえして、

「ワシらは小さい時、こうして、ミカキニシンに味噌をくっつけ、オヤツ代わりに握らせられたもんだ。だから今でも、こうして、酒のサカナにするのが、一番うまい」

とそんなことをいっていた。オッさんは、私を旅の男だと思ったのか、今日はちょうど、ブリコがある。ひとつブリコを齧ってみるがいいやといって、店のオカミに出させてくれたのは、ラムネの玉ぐらいの大きさの、魚卵の塊であった。

「これはなんの子？」

「ブリの子だといっているけど、実はハタハタの子だよ。むかしの殿様が、ハタハタの子は保護しろといったのでさ、ブリの子だなんて、いい逃れたわけさ」

オッさんは、ブリコの名まえの来歴まで、ていねいに説明してくれた。

さて、そのブリコだが、一齧り、かみつくのはやさしいけれども、粒々を洩れなく嚙みしめてゆけるような歯は、私にはなくなった。

「アハハ、あんたも、年だね、オレももう齧れねえ」

とオッさんは淋しげに笑ったが、ブリコにかみつけるような少年の日に返りたいものである。

□

さて、雪間近の北国の話ばかりになったから、ついでに、「ソイ」の話をしておこう。

鮭や鱈《たら》の鍋物ももちろんうまいが、北海道や青森あたりで、チリをやるならソイがよい。赤ゾイでも、真ゾイでも、ソイは癖がなくて、マイタケといっしょにチリに煮込むと、あんなにけっこうなものはない。

私は札幌に出かけるたびに、南二条の二条市場に出かけていって、ソイとマイタケを買い入れるきまりである。

まさかホテルでソイを料理するわけにはゆかないから、友人のTの家に出かけてゆく。Tは北海道新聞につとめており、彼の家は、サイロを改装した風変わりな家で、サイロの中でチリをつっつきながら大酒をくらうなど、愉快ではないか。

その日は積雪が三十センチばかり。

私はマイタケを買い、ソイを買い、マイタケはこわれやすいから私が持ち、ソイは重いから、袋に入れてTにもたせる。

そこで上々機嫌、Tの家に電話して、Tの奥さんに、野菜や、豆腐や、レモンなどを用意しておくようにいっておいた。

そのまま、T家におもむけばよかったが、ちょっと一杯、その一杯がバーになり、バーのハシゴになって、T家に辿りついたときは、二人ともよろけていた。奥さんの出迎えをうけて、私はマイタケをさし出したが、Tの袋の中に肝腎のソイが入っていない。影も形も見えなかった。

Tは青くなって雪の道を、あとがえったが、雪原茫々、我らのソイは、どこの雪の中に泳ぎだしてしまったのか、とうとう、私達の口に入らなかった。

ジネンジョは美しい処女の素肌

私にとってヤマノイモほどなつかしいものはない。

ヤマノイモという食物よりも、そのヤマノイモを掘り取った少年の日が、しきりに思い出されてくるからだ。

山が赤くモミジに染まり、やがてそのモミジの葉々が木枯らしに舞い散る頃になってくると、そろそろ、ヤマノイモを掘り取る時期がやってきたわけで、私たちは興奮したものだ。

とがった長い堅木の棒だとか、土かきのヘラだとかを、それぞれに自分でつくって、それを手にしながら、頭には正ちゃん帽をいただき、目あての山の中に入りこんでゆく。ヤマノイモ、つまりジネンジョを掘りにゆくのである。

現代の少年たちは、もうジネンジョ掘りの苦心なんかわかるまいが、そろそろ秋になってくる頃から、私たちは、山中を見廻って、ジネンジョのあり場を、探しておくのである。

そのヤマノイモの蔓《つる》根っ子のあたりに、二、三粒、あらかじめ、麦の種を播いておく。

なぜかというと、ヤマノイモがおいしいのは、野分けして、ヤマノイモの葉っぱが落葉してしまった後であり、ヤマノイモの葉っぱがなくなってしまうと、そのジネンジョのあり場が、さっぱり、わからなくなってしまうからだ。

麦の種を播いておくと、ヤマノイモの葉っぱがいくら見えなくなってしまっていても、一、二寸の麦が生え出しているから、ジネンジョのあり場が、すぐわかる。

「ああ、ここだ。ここだ」

とジネンジョ掘りの作業にとりかかれるわけである。

ジネンジョは、ナガイモのように畑の中に植えられていないから、木の根や、石に邪魔されながら、曲がり、くねって、生えている。それを、手製のヘラや、棒を使って、たんねんに掘り取るわけだが、このジネンジョが、まことにもろく、まことにこわれやすく、まるで処女のようなものだ。

少々、こわれたってよさそうなものなのに、ジネンジョ掘りにしてみたら、やっぱり、完全無欠、こわれのないヤマノイモ嬢を掘りあげてしまわないと、気がすまなくなるのだから、不思議な執念にとりつかれるものである。

そのかわり、完全無欠に掘りあげたヤマノイモは、これをていねいに洗い、皮をむいて、酢水につけ、オロシ金でたんねんにおろし、スリバチの中でトロロトロロとすってゆくと、それこそ、甘くとろけるような山の匂い、白いネリギヌのようなつややかな色、まったく、よごれのない、キメのこまかい、絶世の美女の素肌をでもかいま見るような心地がする。

そこで鶏卵をおとし、ダシ汁に味噌をとくのもよろしく、醬油の味にするのもよろしく、トロロ汁に仕立て上げて、炊きたての麦メシにかけて喰う。

こんなしあわせはない。

やっぱり麦メシにトロロ汁でないと、完全なウマサがお腹の底に沈みこまないから不思議なもので、「麦トロ」は私たちの先祖が、よくよく、味わいつくしたはてに選択した、調和的食物の優秀なるものの一つに属するだろう。

ボサボサとした麦飯の香りと口ざわりを、トロロのヌメリと匂いが、まんべんなくつつみこんで、一種いいようのない味覚の交響が感じられてくるのである。

更に、よく揉んだノリや青ノリや、青サの、香りと、色と味わいを加えるのもよかろうし、ユズの香を添えるのも悪くない。

よくいうとおり、「麦トロ」と「焼き魚」だけで、何もいうことなしの満足感にひたれるから、まったく嬉しいではないか。その「焼き魚」だって、贅沢な魚を必要としない。鯖《さば》でけっこう。鰺《あじ》でけっこう。

そこらのグウタラ亭主も、月に一度ぐらい、トロロイモを、スリコギとスリバチで、トロロトロロと一心不乱に、すりおろしてみたらどうだろう。精神統一になること請け合いである。

□

なにも、ヤマノイモのジネンジョでなくたってけっこうだ。ナガイモよろしい。ツクネイモ、上等である。

八百屋の店さきに出まわっている、大きく長い、ナガイモは、もとは中国から渡来したものらしく、古く中国で「薯蕷《しょよ》」とか「山薬《シャンヤオ》」とかいっているのがそれであり、ツクネイモは、そのナガイモの一変種のようだ。人形のかたちに似たもの、団子の形のようなもの、その形はさまざまだし、味もそれぞれに相違がある。

私はふつう、ヤマトイモと呼んでいるツクネと、ナガイモとを、ほぼ半々にすり合わせて、トロロ汁をつくるならわしだが、ナガイモも、ヤマトイモも、いやジネンジョだって、なるべく、粘土質の土壌に育ったものが、見かけは悪いが、肉がしまっていて、ねばりが強い。ナガイモは関東から北の地方に多く栽培され、ツクネイモは関西から南のほうに多く栽培される。

それはそれとして、秋に実をつけるムカゴは、ホウロクで炙《あぶ》って喰ってまたなつかしい風味である。

いつだったか、大分県のある町で、お吸い物の中に、トロロイモらしいものがきれいに固まり、浮かんでいたから、

「これはどうしてつくったの？」

と聞いてみたところ、

「ヤマイモバ、ただ金サジですくって落とし込んだだけですタイ」

女中はそう答えた。早速、自分の家に帰り、ヤマトイモをすりおろして、鶏卵を加え、汁の中に落とし込んでみたが、ちりぢりに崩れてしまった。だから、大分県のその地方に、格別緻密で濃厚なジネンジョなり、ツクネイモなりが、できるのかもわからない。

店の名は忘れたが、浅草の松屋から駒形よりの方に、麦トロ屋が一軒あって、その麦トロ屋で「磯まき揚げトロロ」というのを喰べさせられたが、さっぱりしておいしかった。いってみれば、トロロの天プラである。

私もときどき、おろしたトロロと、片栗粉と、鶏卵の白身でコロモをつくり、豚のヒレ肉をつつんで、油で揚げるが、塩胡椒で喰べると、色が美しく、フワフワしていて、前菜にはもってこいである。

中国料理の最後のコースに「抜糸山薬《バースシャンヤオ》」というのがある。家庭でもできるから、ちょっと書いておくが、ナガイモを適当に切って、少し低めの揚げ油の中で、色づくまで揚げておく。別の鍋の中に油一とすれば、その七、八倍の砂糖を入れ、中火でたんねんにかきまぜながら飴をつくる。この飴の中に、もう一度熱く揚げたナガイモをまぜ合わせて、かきまわして、できあがりだ。熱いし、強い糸をひくから、茶碗に水を用意し、水をくぐらせて食べるわけである。

晩秋の美味、高砂のアナゴ

例年、晩秋の頃になってくると、大阪のBさんから、高砂の焼きアナゴを送っていただくならわしだ。送っていただくならわしだ、などと虫のいいことを書いてしまって、なんとなく催促がましく気がひけるが、秋が深まってくると、その高砂の焼きアナゴを、ぼんやりと待っている自分に、気がつくのである。

この焼きアナゴは、まったくおいしい。輸送の途中、少なくとも三、四日の日数は経過しているだろうから、その味も、香りも、うるおいも、二、三割がたは落ちているはずなのに、ちょっとあぶって、酒のサカナにすると、アナゴってこんなにうまいものだったのかと、いまさらのように思い直すような気がされる。

晩秋から、冬にかけての、わがオゴリは、アナゴだけでも充分であったといったふうの、平凡な嬉しさがこみあげてくるから不思議である。

東京のそこここのスシ屋でも、握る前に、アナゴのタネを煮返してくれたり、あぶったり、叩いたり、おいしいアナゴはずいぶんと多いが、どういうわけか、私はあまりスシメシを好まない。さりとて、アナゴだけをサカナに所望して、スシ屋の店先で飲んでいるのもなんとなく気がひける。

それに江戸前の握りズシのアナゴは、タレをつけると酒のサカナには少々甘すぎるし、ワサビ醤油で喰べると、少々なまぐさい。

やっぱり高砂の焼きアナゴが、私の酒のサカナには、恰好なのである。日数がたっていて、味も、香りも、うるおいも、二、三割がた落ちているかもしれないのに、それを一人あぶって、深夜、酒を飲んでいると、アナゴはじつに、それだけで充分なものであって、ほかにもう、なんのツケタリもいらないような、アナゴの三昧境に入った心地になる。

申し忘れたが、Bさんから例年、私のところに送って貰う焼きアナゴは、高砂の下村商店の焼きアナゴのようだ。

見られるとおり、私はアナゴが格別に好きだから、自分でもさまざまに料理をしてみたことがある。魚屋から、骨や頭を残らず貰い受けてきて、あぶってみたり、煮てみたり、蒸してみたり、また煮込んでみたり、しかし、佃煮らしいものならでき上がっても、とてもあの、高砂の、さりげない、アナゴそのままをあぶり焼いたような、芳しさと、うまみは、おぼつかないのである。

□

さて、つい先頃、淡路島に一、二泊の講演旅行を依頼された。

淡路島に渡るのには、明石から船に乗るのが順路だし、高砂は明石から、目と鼻の先である。ことのついでに、現地界隈のアナゴの味と香りを、もう一度そこここでたしかめ直してみる気になった。

しかし、いったん、新幹線に乗り込んで、列車が動きはじめると、アナゴの尻を追っかけまわすような、そんなミミッチい気持ちはなくなった。

動いているモノに乗って、まわりを見まわし、サンドイッチでもなんでもよろしい、手当たりしだい、喰って飲んでいるほうが愉快である。

同行のS君は、

「あっちでアナゴを喰べるんじゃなかったですか？　おなかの余裕がありますか？」

などと気を揉んでくれているが、もう、どうだっていいようなもんだ。

「どっちみち、神戸の青辰は着く頃には看板にきまってるし、高砂までまわるのはおっくうですよ」

と答えたところ、

「じゃ、電話して取り寄せときますよ」

S君のほうがよっぽど本気になってくれている。そのまま列車の電話口に立っていたようだ。

鉢伏山を過ぎるあたりから、私はつくづくと明石灘を眺めやりながら、

「どうせ、ここいらから先、広島までの海は、魚そのものが、うまいんだよ。なにもアナゴに限らない」

　まるで、ヤケクソのような、断言を繰り返すしだいになった。すると、鷲羽山の山裾の漁村で見たアナゴの群れや、呉《くれ》の市場に陸揚げされたアナゴの群れのもようが、さながら私の眼中に揉み合ってくるありさまで、わが家に間近い魚屋の店先に、のびつくしてしまったようなアナゴなど、いくら煮たって、焼いたって、どだい、アナゴの味がするほうが不思議だろう。

　明石の駅に降りる。

「アナゴなら、そこのスシ屋もおいしいですよ」

　とS君がいうから、

「菊水のことじゃないの？」

「知ってるんですか？」

　とS君はびっくりしたが、菊水なら私も前に三度ばかり立ち寄ったことがあり、久しぶりに、その「菊水」の壁にかけられた辰野隆さんの色紙を眺め上げるわけである。

アナゴはどうせ、高砂や吉辰から殺到するはずだから、ほんの一切れだけを江戸風に握ってもらい、そこで調理台の上を眺めまわしてみたら、みごとなサワラが、ゴロゴロと山積みになっていた。

腹のほうは満腹だが、このサワラはやっぱり、周囲の海の秋気がにじみとおったような味わいであった。若い板前たちが、積み上げられたサワラに、つぎつぎと味噌をまぶしつけている。明日の朝あたり、キリッとしまった味噌漬けのサワラがすてきだろうと思ったけれども、ではいったいどこで焼くか、思い切りよくあきらめるよりほかにない。

明石から淡路まで、ほんの二、三十分の船旅であった。

ずいぶんむかし、淡路をうろついたことがあって、そのときには、ひどい悪路に悩まされたような記憶があるのに、今は岩屋から洲本まで、坦々たる海沿いのドライブウエーに変わっていた。沿道は、ビニール栽培の花の道である。

さて、淡路島の宿屋について、その宿屋に、そこここのアナゴが追いかけてきたのは異様な風景であった。自縄自縛《じじょうじばく》、みんな、自分の出来心が招いた、不粋きわまる成り行きである。

現地についたら、現地のもの、といつも肝に銘じて知っているはずなのに、このかいわいのアナゴをたしかめてやれなどと、とんだ欲心をおこしたから、食卓いっぱい、並びきらぬほどの淡路のご馳走を眼の前にしながら、ウワの空であった。酒もはかばかしく飲む気がしない。アナゴをたしかめねばならぬような、つまらぬ義務感にさいなまれ通すわけである。

それでも、ようやく、一人深沈と起き出して、ひと風呂浴び、電気ストーブにアナゴを

焼き、アナゴズシを取り出して、その舌ざわり、その香りに、うなずきながら、つぶやくことばは、

「やっぱり、うまい」

トーマス・マンが書いたドイツ鯉コク

九州は筑後川の川ほとり、田主丸《たぬしまる》に、「鯉取りマーシャン」という不思議な男がいる。この男は、寒中、筑後川の中にもぐり込んでいって、思うがままに、大鯉を抱きかかえて、上がってくるのである。ただし鯉がいればの話であって、その筑後川にもだんだん鯉が少なくなってきた、とマーシャンは、一昨年だったかは、柳川の旧藩主の邸、今は料亭「お花」の池に鯉の卵を貰いにやってきていた。その卵を、筑後川に移殖して、筑後川の鯉の絶滅をふせぐ心意気なのだろう。

「鯉取りマーシャン」の話なら、火野葦平氏が書いていたし、私もまた、その愉快な話を「石川五右衛門」の中に取り次いでおいたつもりである。

マーシャンは河床の気配を見れば鯉の通路がわかるらしく、スポンサーさえつけば、日本中の鯉をつかんでまわりたいような希望を洩らしていたが、どうなったろう。たしか、信濃川のあたりまでは出かけていったはずだが、どこかのテレビ局で、日本中の大きな川めぐりをやらせてみたらどんなものだろう。

私がこんなことを書きはじめたのは、ついこないだ、「ヤマノイモ」の話を書いていて、フッとマーシャンのことを思い出したからだ。するとおかしくておかしくてたまらなくなり、その話を書き入れてみようと思い立ちながら、どうも思い切りがつかなくなって、やめてしまった。

実は、三、四年前の晩秋のころ、その鯉取りマーシャンから、一メートルばかりの長い木箱を送ってきた。荷札には「山芋入」となっている。すると、マーシャンが、耳納山のジネンジョをたんねんに掘り取って、送ってくれたわけだと、私は感動して、ジネンジョなら喰べるときまで、マーシャンの包装してくれたままにおいておくがよいと思い、包みを開かないで、とりあえずお礼の電報だけを打った。

ミノヤマノオオイナルヤマノイモトリテキミガチンポノイサオシゾオモウ

電報局に電話送りをしたから、電報局のクスクス笑いもさることながら、電文を読み読み、マーシャンのテラテラ光る裸の皮膚の色つやを思いうかべたことだ。

さて、それから幾日めか。マーシャンのヤマノイモで格別おいしいトロロ汁をつくってやろうと思いたち、釘抜きを持ち出して、木箱の釘をぬき取り、あけてみたところ、こはいかに、ヤマノイモと思ったその中身は、アシビキノヤマドリノヲノシダリヲノナガナガシヲノヤマドリであった。私は、あわてて中身を取り出し、知恵の限りをしぼって、煮たり焼いたり、その珍味に舌鼓を打ったのだが、わが家の細君は、敬して遠ざかった。

かわいそうな細君は、雉子《きじ》の類が腐敗寸前に、格別な妙味を呈することを、知らないのである。

□

さて、今回は、鯉の話を書くつもりでいたのに、鯉取りマーシャンからなんとなく脱線した。

鯉料理のさかんなところといったら、なんといっても千曲川の信州であって、佐久のあたり、鯉の幼魚を田の水に放殖し、冬分は豊富な湧水の池に飼い、鯉の洗い、鯉コク、あのあたり一帯で、嫌でも喰べさせられるご馳走だろう。

たとえば坂口安吾が、小県郡の奈良原鉱泉に出かけていったときのことを書いて、

「わたしは与えられた食物について不服を云わぬたちであるが、この鉱泉では悲鳴をあげた。……中略……こいときのこがきらいでは、この鉱泉に泊まられぬ。毎日毎晩、こいときのこを食わせ、それ以外のものはまれにしか食わせてくれぬからである」

などと、さんざんに愉快な泣きごとをならべたてている。私だったら、いちど、その鯉とキノコで悲鳴をあげてみたいものである。

そういえば、十四、五年も昔のことになるだろうか。佐藤春夫先生と松本市に出かけていって、そば屋の「小林」のオヤジから、格別おいしい「鯉の筒煮」と「鯉コク」を馳走になったことがある。「小林」のオヤジが佐藤先生のために、特に入念に煮上げて待って

いてくれたご馳走だから、先生もたいそうに喜ばれて、そのハラワタを抱えたままの筒煮の鯉の、姿と、色と、味わいは、今でもなんとなく思い出せそうな心地さえするほどだ。

私は、なつかしいまま、ついこないだ松本市に廻ったついでに、「小林」に立ちよってみたが、あたりの町の姿も、店のもようも、もうすっかり変わってしまって、これが「小林」かと、なんども眺め直したほどであった。

その昔は、シンカンと鳴り鎮まったような田舎そば屋の趣で、黒光りした階段の上と下のもようなど、その鯉の筒煮や鯉コクの味といっしょに思い出しながら、私は都会ふうにすっかり変わってしまった「小林」の客席に腰をおろして、今昔の感に耐えぬわけである。

さて、どこの鯉が一等うまいか。

鯉はあまり清い冷水より、少しにごった暖水を好むとかで、マーシャンの筑後川とか、宮崎の大淀川とか、鹿児島の川内川《せんだい》とか、せいぜい関東の利根川あたりまでのものがよいというが、いったいどんなものだろう。

私は二、三年前に、桂ゆき子さんや、立野信之さんたちと、ソビエトに出かけていって、アムールの鯉の鯉コクをやってみたが、自分でつくったせいもあろうが、こいつはいけた。日本の公害川にパクパク息づいているような鯉よりは、遥かに豪快なイキモノの味がした。

ハバロフスクから、暗いうちに船にのって、そう、三、四時間も溯航したところであろうか。白楊《どろやなぎ》の密林の中であり、私はその白楊を焚いて、鯉コクの用意万端をととのえていたが、正直な話、日本の釣り天狗たちの獲物をアテにしていなかった。

そこでこっそりと、ロシアのアンちゃんに、ポールペンを二、三本やって、

「ひとつ、デカい鯉をわけてくれないか」

手ぶりよろしく、頼みこんでみたところ、その若者がかけ出していった。息せききって帰ってきた両腕の中に、三、四尾の大鯉をかかえこんでいる。

残念ながら私の旅行庖丁ではハが立たず、胆嚢だけをていねいに抜きとって、ロシアの若者にまかせたところ、彼は腰の大ナイフでブッタ切ってくれたまではよかったが、頭を川の中に投げすててしまっている。しかし、鱗はいったとおり、残したままだから、ショウガと酒を加えながら、これをトロ火で煮立てていって、上々の鯉コクに仕立て上げた。ロシアの鯉が大味だなどとは嘘である。そこらの、養殖の鯉なんかより、桁ちがいにコクのある、鯉コクの逸品であった。

ところで、鯉は、ドイツ料理にしばしば使われるらしく、たとえば、トーマス・マンの「ブッデンブロオク家の人々」の中に、

「先ず、鯉を手際よく切り分けましてね、皆さん、次には玉葱や、丁香《ちょうじ》や、ラスクといっしょに蒸焼鍋に入れるのでございます。さてそれから適宜のお砂糖とバター一匙を入れて煮るのですが……しかし、洗ってはいけません、血も残らず用います、決して洗っては

いけませんので……」

と鯉を赤葡萄酒でトロトロと煮つめる秘訣をしゃべっている。私はこの処方箋のとおり、鯉の筒切りを煮込んで、私の自慢料理の一つに加えている。これはリューベックのマン家独特の「鯉の赤葡萄酒煮込み料理」というわけだが、いってみれば、ドイツの鯉コクだ。

天下の美女、アンコウをぶった切る

志賀直哉氏の「赤西蠣太」という小説のなかに、いろいろと、魚の名まえを持った人物が登場してくる。小説を書くときに人の名まえなどいちいち考えるのが面倒くさかったせいもあったろうし、いや、魚名を人名に考え直すのが面白かったのかもわからない。とにかく、ユーモアから発したことは間違いないので、私たちが考えても、人の顔をしたような魚……、魚の顔をしたような人……、がいるもので、「おい、オコゼ」とか、「もしもし、サヨリちゃん」だとか、呼んでみたくなるようなことがしょっちゅうある。その「赤西蠣太」の中に出てくる人物の名まえを、少しばかり挙げてみると、「赤西蠣太」や「小江《さざえ》」は貝の名だが、「銀鮫鱒次郎」「安甲」などがあって、小説の中で「安甲」はアンマの名であり、アンコウのグロテスクで、奇っ怪で、スッとぼけたかっこうが、話の主人公のアンマの印象に、まったくピッタリとよく合っている。

そろそろ、アンコウとフグの季節だから、久しぶりにアンコウの、そのグロテスクで、奇っ怪で、スッとぼけた姿と味を思い出したわけで、アンコウのつるし切りだなどと、日本にはまったく、愉快で、俳味のある、庖丁のワザがあるものだ。

愉快で、俳味があるなどと、人間のほうはいい気なもんだが、アンコウこそ迷惑な話で、七度アンコウに生まれ変わってでも、人間にとりついて、恨みをはらしたいところであろう。

アンコウは、スッとぼけた、奇っ怪で、グロテスクな風貌をしているが、ご承知のとおり、グニャグニャだし、大きいし、マナ板の上にうまくのっけて、庖丁を入れることができにくい。

そこで頭のところにカギをかけて、縄で庭木の太い枝などにぶらさげながら、「アンコウのつるし切り」をやるわけだ。皮をはぎ、ヒレを取り、肉をそぎ、内臓に移ってゆくわけだが、アンコウの水分が、つるし切りを手伝うあんばいに、面白いようによく切れる。

そこらのグウタラ亭主も、一生に一度ぐらいは、魚河岸にでも出かけていってアンコウを一匹買い、庭につるして、日曜料理ぐらいやってみたらどうだろう。

グウタラ亭主のほうは、

「そんな殺生なことはできねえよ」

だとか、

「グロだよ」

だとか、上品ぶったことをヌカすかもしれぬ。

ところが、花をあざむくような超一流の美女たちは、「アンコウのつるし切り」を、自分でやってみることを好むのである。

たとえば安達瞳子さんだとか、中川紀子さんだとか、こういう美女たちは、アンコウを庭（?）につるして、手さばきよろしく、返り血を浴びながら、たちまちのうちに、解きほどいてしまうのである。

嘘ではない。安達瞳子さんは、なにかの雑誌に、自分で魚河岸にアンコウを買い出しにゆき、つるし切りをやり、その七ツ道具を喰べる楽しみを、ちゃんとハッキリ随筆に書いていた。

安達瞳子さんというと、この間うち、十日間ばかり、私が絶えず瞳子さんを追いまわしているような奇妙なできごとが起こった。というのは、長岡に行ってみると、瞳子さんも長岡に来ている。富山に行ってみると、また富山に来ている。たまたま新幹線に乗ってみると、同じハコの中に瞳子さんも乗っている。挙句の果ては、東京である雑誌の対談を二人でやらせられるハメになった。まったく、キミョウキテレツの成り行きであって、私は長岡の町ですてきな大黒シメジを手に入れたから、よっぽど安達さんに届けてあげようかと思ったのだが、よしにしてよかった。あげていたら、そのあと十日ばかり、狂乱して、安達さんを追いまわしていたと、まったくそのように思われるような、不思議な出会いがつづいたのである。

中川紀子さんは水戸の料理学園の園長だから、「アンコウのつるし切り」ぐらいやるのはあたりまえだぐらいに思うかもしれないが、そうではない。反対だ。美女だから「アンコウのつるし切り」を楽しむのだし、「アンコウのつるし切り」を楽しむような人柄だから、料理学園の園長にもなるのである。

話がややこしくなってきた。とにもかくにも、ほんとうの美女は「アンコウのつるし切り」を喜ぶものだし、自分でつるし切ったアンコウのくさぐさの肉片を、鍋につついて喜ぶものだ。そこらのグウタラ亭主は、ボヤボヤしているうちに、天井からつるされて、つるし切りになり、鍋で喰われてしまわないように気をつけたがよいだろう。

さて、その中川紀子さんから、水戸へアンコウを喰べに来ないかと誘われているのだが、紀子さんのアンコウのつるし切りを見た挙句に、美女とアンコウの物語を書いたなら、でき過ぎるし、気がねも多くなってくるようで、思いきって、今回書いてしまったしだいである。

□

アンコウはこれから、東京の魚屋でもたくさん見かける、あのグロでスットンキョウな魚だが、ふだん海の底にいて、頭の上にある長い背ビレをユラユラさせながら、小魚どもが餌かと思って寄ってくると、パクリと喰ってしまう奴である。

なんといってもアンコウの本場は水戸だ。那珂湊や、久慈浜や、平潟付近で多く取れ、底引き網にかかってくる。

喰べるには、味噌汁もよく、「トモ酢」もよいが、やっぱり家庭でいっしょに楽しむのは「アンコウ鍋」が一番よろしい。

「料理物語」という昔の書物の中に、「アンコウ汁」のつくり方の秘訣が書いてあるからちょっと紹介しておくと、「かわ（皮）をはぎおろしきりてかわをも実をもにえ湯に入、しらみたる時あげ水にてひやし、その後さけ（酒）をかけをく、みそしるにえ立候とき、魚を入どぶをさし、塩かげんすい合せ出し候也」

味噌汁も、これだけのていねいさがほしいものである。

さて、グウタラ亭主への「アンコウ鍋」指南だが、つるし切りのアンコウはどのようにぶった切ってもよろしい。俗に七つ道具といって、トモ、ヌノ、キモ、水袋、エラ、柳肉、皮などといっているが、棄てるのは歯だけで、どこもここも、豪快にぶった切ってよろしい。ただキモだけは、なるべくこわさないようにそっと取り出し、別に塩煮して形をととのえておくほうがよい。

そのぶった切ったアンコウを熱湯に入れて白く色が変わりかけたときにとりあげ、水洗いをしておく。さあ、これでよろしいわけで、鍋にコブを入れ、ショウユや、塩や、酒やミリンなどでほどよい味にする。あとは野菜といっしょに煮るだけだが、焼き豆腐や、シラタキや、ネギや、ウドや、ギンナン、セリ、ミツバ、ダイコンなどが合うだろう。ワリシタをつくるのが面倒だったら、味噌を使ってやり給え。
東京の店で喰べたい人は、やっぱり神田須田町の「いせ源」ということになる。

ジンギスカンの末裔になってみよう

北は北海道から、南は九州に至るまで、日本中、ジンギスカン鍋大ばやりは、まことに愉快な話である。バーベキューともつかず、朝鮮焼きともつかず、シャシュリークともつかず、烤羊肉《カオヤンルー》ともつかず、とにもかくにも、羊を焼いて、大いにけぶし、大いに喰らう、また楽しからずやだ。

戦後の日本を代表する二つの大きな食物異変は、ギョウザと、ジンギスカン鍋の普及かもわからない。

両者とも、おそらく、大陸からの引揚者によって伝承され、くふうされ、郷愁されながら、今日の普及のきっかけをつくったに相違ないが、ニュージーランドやオーストラリアのマトンがまた、たまたま恰好の市場を得て、ジンギスカン鍋の盛大な流行を見たわけだろう。

それにしても、ジンギスカン鍋とはよい名まえをつけた。為朝鍋だの、平家鍋だの、僧兵鍋だの、勝手ほうだいの鍋の名が生み出される中にあって、ジンギスカン鍋は、安い羊肉をもって日本中を席巻するにふさわしい名実を備えていたといえるだろう。

では、そのジンギスカン鍋の源流のほうを、ちょっと探ってみることにしてみるか。ジンギスカンは、誰でも知っているとおりテムジンの敬称であり、そのテムジンはコーカサス山脈を越えてヨーロッパにまで侵入し、ユーラシアにまたがる一大遊牧帝国を創設した蒙古の英傑であって、その英傑の尊称ジンギスカンにあやかる鍋の名まえをつけた以上、まず蒙古のテントの中をのぞきこんで、彼らの鍋のもようをさぐってみる必要があるだろう。

蒙古では、フェルトでつくった彼らのテントのことを「ゲル」と呼んでいる。その「ゲル」の内部は、おなじくフェルトやじゅうたんが敷きつめられ、中央のあたりに、イロリがあり、イロリの中にトロゴと呼ばれる鉄の五徳が置かれてある。

そのトロゴの上に大鍋がかけられていて、この大鍋の中に、骨付き羊の肉塊が、グツグツグツグツ、水煮されているわけである。燃料はアルガリと呼んでいる乾燥した牛糞だ。

さて、私が客人となって、そのゲルの家をくぐるとする。イロリの向こうに主人が陣取っていて、お客の私は、イロリの向かって右側に坐らせられるのがきまりのようだ。

はじめに茶が出され、その茶にバターと炒り粟をつまみ入れながら飲み終わると、やがて、正真正銘のジンギスカン鍋ということになる。

ゲルのオカミさんが、大鍋の中から、銅の大皿いっぱいに、山盛りの羊の肉塊をすくい取って、それを私たちのほうに廻してくれる。私が自分のお椀をさし出すと、オカミさんは脂と手垢でテラテラとまだらに光る手で、手づかみに、お椀の中に、その湯気の立つ羊の肉塊をつまみ取ってくれる。

そこで私は、腰のナイフと箸で、この羊の水タキを、こさいだり、齧ったり、しゃぶったりする、という段取りになるわけだ。手がよごれたらどうするって？　冗談じゃない。そのまま綿服にこすりつければそれでよいのであって、オカミさんを見給え、牛糞を拾っては五徳の下にくべ、その手で羊の肉塊をつかんでは、私のお椀に入れてくれ、その手を自分の服でぬぐっては、今度は手洟《てばな》をかむといったありさまだ。

この正真正銘のジンギスカン鍋、羊の骨付き肉の水煮のことを「ヤスタイ・マハ」と呼んでいるが、薬味は「ニンニク」と「ターナー」ぐらいのものだ。

これが、中国のいわゆる涮羊肉《サオヤンルー》の源流であって、涮羊肉は、火鍋子の中で、上質の羊の肉を熱湯にくぐらせながら、煙突の根元のあたりで焼くようにして喰べる。いってみれば羊のシャブシャブだ。

しかし、さすがに、北京は都であって、たとえば東安市場の東来順《トンライシャン》などに行ってみ給え。この羊の肉にまぶしつける薬味の類だけでも、十とおりぐらいの皿がズラリとならぶから、どれをどうあんばいしてよいか、わからなくなるのである。ニンニクの芽をすりつぶして油にといたモエギ色の薬味。トンガラシの赤い油の薬味。白くトロトロしたクルミ油の薬味。そこらまでは見当はつくが、あとはもう、夢幻の境地の薬味をでも見るようだ。ただし、必ず、「ターナー」とおなじ、芫茜《ユアンシー》と呼ぶ香菜が添えられる。

□

では、ひとつ焼くほうの、ジンギスカン鍋の源流のほうを考えてみよう。

たとえば、ウルムチのあたりに、ウイグル族という種族がいて、このウイグル族はもちろんのことジンギスカンに征服されたが、彼らのウイグル文化は、蒙古帝国の文化の主流をなしたといわれている。

ところで、このウイグル族の羊の喰べ方は、いってみればシャシュリークだ。ウルムチの町角あたり、どこでも大きな鉄弓の上で、羊の肉片を焼いている。その肉片に塩をまぶし、芫茜《ユアンシー》の香菜を細かくちぎって、薬味にふりかけて喰べるわけである。

だから、北京の東来順あたりの烤羊肉はこの流儀の洗練されたものであって、太いロストルの上で、羊肉を炙《あぶ》り、千変万化の薬味やタレをつけながら、その炙り焼きの羊肉を喰べる。このときにも、欠かせないのは、芫茜のツンと舌にささるような香菜の匂いと味だ。

芫茜は、コリアンダーである。コリアンダーは、古くから日本にもコランドルとして輸入し、活用されていたのに、いつのまにか、用いられなくなった。

コリアンダーの実を播くと、一、二カ月で、ミツバのような、セリのような葉が出てくる。この葉を羊肉に添えて喰うと、羊肉の味が格段ひきたつわけである。

中国では、もちろん、涮羊肉でも、烤羊肉でも、この香菜なしにははじまらないが、またソビエトの至るところ、やっぱり羊のシャシュリークをやるときには、必ず、このコリアンダーの葉を添える。

ロシアでは、コリアンダーをペトルーシカと呼んでいて、イルクーツクでも、モスコーでも、エレバンでも、トビリシでも、なにはなくとも、市場には、ペトルーシカとウクロープの葉だけは、山と積まれているのである。

シャシュリークは、羊肉を剣に刺して焼いたご馳走で、セバン湖のほとりで招待されたアルメニア人の野外歓迎宴会では、一メートル近い剣に刺した羊の焼き肉に、ペトルーシカの青々とした香草の束と、おそらくメボウキだと思われるラーハンと呼ぶ香草の束が、いっしょに添えられた。セバン湖の青いひろがりと、この時のシャシュリークの豪快さだけは、忘れられない。

シャシュリークは、ドイツの裏町の至るところの立喰い（呑み）屋に、ボックブルスト（太いソーセージ）などとならべて売られていて、これは、羊肉と玉葱を交互にさしこんだ、いわば安直な、庶民の酒のサカナになっている。

さて、日本のジンギスカン鍋は、烤羊肉を少しくみみっちくし、更にコリアンダーの香味を抜いたものだが、もし、家庭でやる気なら、せめてマトンやラムの肉を冷凍の大きな塊で買ってきてほしい。その肉の塊を、ていねいにほぐし、肉の筋に直角にたんねんに切って、焼くときだけは、豪快にやるがよい。

もし、コリアンダーの種子を播いて、その萌え出した香草を薬味にして喰べるなら、それこそ、ジンギスカンの末裔だ。

わが家の年越しソバ異変

ウカウカとしているうちに、もう年の暮れがおしつまった。

モウイクツネルトオ正月……、などという優雅な幼年期など持ち合わせたことがなく、いつも自分では大晦日などなんの関係もないと信じ込んでいるのに、借金のほうだけは、人様のなん十倍だかをやってのける生まれつきの愚かな性分だから、年末になってくると、どこぞへ亡命しなくてはどうしようもないという、長年の、脅えのような、戦慄のような、うすら寒い、習慣性の鬱病にとりつかれる。

戦前のことだが、暮れの三十一日に、ドテラで床屋へ出かけていって、そのまま、東京駅にゆき、夜汽車に乗り込み、元旦の朝、京都の友人の家にフラリとまぎれ込んでいったことも、なん度かあった。

あの頃は、大晦日の夜汽車などガラあきで、夜逃げ列車らしい侘びしさと、ぬくもりがあったのだが、今では新幹線が右往左往、大晦日の夜逃げの風情などどこにもなくなって、いったいどこへ逃げ出したらよいのか、見当がつかなくなった。

さて、大晦日の年越しソバの話でも書こうかと思っていたのが、急に気が滅入った。だいたい、年末から正月と、自分の家にいつくことはきわめて稀で、まともに、年越しソバなど喰べたことがない。そのメッタに喰べたことのない年越しソバを、ある年の大晦日に、とあるデパートからしこたま買って帰ったことがある。もちろん、生のソバを買ってきたのであり、生のソバを「鍋ソバ」にして、とにもかくにも、除夜の鐘を聞くつもりであった。「鍋ソバ」というのは、池袋の「一房」で一人前五百円かそこいらでやっている喰べ方だが、「一房」のオヤジが石見《いわみ》の男だから、ひょっとしたら、石見流儀のソバの喰べ方かもわからない。

鍋に水を張り、ソバを煮て、そのソバをソバツユでつつくわけだが、鶏だの、いり卵だの、海苔だの、シイタケだの、ゴマだの、モミジオロシだの、ミツバだの、ネギだの、色とりどりに豊富な薬味がついていて、私はあの「鍋ソバ」がたいそう好きだ。

年越しの晩にカケだの、モリだの、ソバだけすするのは侘びしいから、せめて、「一房」流の「鍋ソバ」を自分の家でつくってみようと思い立って、そのデパートから、生ソバをしこたま買いこんで帰ったわけである。

そこで、思いつく限りの薬味をつくり、添えモノをととのえ、友人・子供たちを食卓のまわりに呼び集めて、大鍋に点火した。

おもむろに、買ってきた生ソバの包装をほどいてみたところ、肝腎のそのソバが、ほとんど全部ペッタリとくっつき合っていて、「鍋ソバ」なんかできたものじゃない。

めったに自分の家などで年を越したことのない風来亭主は、天罰テキメン、エンマの前にでもひき出されたように、にわかに青ざめ、身から出た錆だと、にがりきった。

「よーく、見てから、お買いにならないから……」

と女房がいっている。

「それとも、押しつぶされたんですか？」

冗談じゃない。虎ノ子のように大切に、電車の網棚の上に奉っておいたはずだ。

元旦まで飲み明かす気の悪友どもは、ここぞと手を叩いて、大喜び、

「檀の買い出しなら、ワザとでもつぶれたソバを渡したくなるぜ」

私はなおさらにがりきって、

「ちょうどよかった。はじめっから、オレは正月なんて、お出迎えする気は、ゼンゼンない」

そこでヤケ酒を一、二杯飲んでいたところ、一人の友人が、見るに見かねた態《てい》で、

「買ってきたデパートに電話しようじゃないか？」

「よせ、よせ」

と私はなおさら、気まずい成り行きになりそうだから、再三、とめてみたのに、その悪友は、酒の勢い、とうとう、そのデパートに電話をかけた。

「持ってくるぜ。打ちたてのソバを二十人分だそうだ」

□

さて、モノの一時間もたっていなかったろう。わが家の門口《かどぐち》に自動車の停まる音があり、玄関に二、三人の紳士が、うやうやしく、なにかを捧げ持っていて、

「さっそく、ソバの売り場を点検してみましたところ、思いがけなく不行き届きの品がまぎれこんでおりまして、お宅様にも、とんだご迷惑をおかけし……」

と、まるで玄関さきで、今にも割腹でもしそうな、丁重インギンな謝罪のことばになった。

「お詫びの、ほんのしるしといたしまして……」

とさし出されたお盆の上のモノは、生ソバ二十人分は、これはまあ、ベッタリくっつき合った私の持参のソバと交換するにしても、そのまた別のお盆の上に、目の下二尺はあろうかと思われる大鯛が差し出されているのには、これには弱った。

「こんなものをいただくイワレはないけれども……」

などといっていたが、先方から再三さし出されると、

「じゃ、宝クジに当たったつもりで、ありがたくいただくか……」

デパートのおエラガタは、早々にして退散した。わが家では悪友どもが、歓呼の声をあげて、大鯛を撫でまわしながら、乾杯をやっている。

生ソバが、大々的に到来したから、子供たちもやっと、年越しソバにありついて、

「わあ、おいしいおソバ！」

気を揉んでるフリをしているのは、私一人だけのようで、

「いいかな？　ソバにイチャモンをつけて、大鯛をせしめたり……。エビで鯛を釣るぐらいの段じゃないぜ」

「いいさ、いいさ。ただし鯛の刺身は、ドカドカ切って、今夜のうちに喰ってしまえ」

大鯛がとどいたのはよいが、気をよくした悪友どもは、あっちの酒をあけろ、こっちのウイスキーをあけろ、いや、カミユのナポレオンがいいだのと、勝手ほうだいの贅沢をぬかしはじめて、わが家の秘蔵酒はことごとく口をあけてしまったばかりか、なん時になっても立ち上がる気配を見せぬ。

「オイ、電車がなくなるぞ」

といってみたら、

「バカをいうな、今夜は終夜運転だぜ」

とうとう元旦まで、飲み明かしてしまったから、彼我得失、どういう計算になったのか、まったく見当がつかなくなった。

しかし、さすがに大鯛。元旦の鯛の造り、雑煮、博多じめ、鯛茶漬けと、絶えて行なったことのない堂々たる九州の正月料理が、座敷いっぱいにひろがった。

ただし二十人前といっていた手打ちソバは、どうやら三十人前か、それ以上もあって、わが家は七草の終わるまで、とうとう年が越し終わらない始末であった。

父の料理

檀　太郎

父が生きていた頃のことだから、もう一昔も前のことである。尾道だったのか広島だったのか、ハッキリとは憶えてはいない。旅先の夜の街角で、妙齢の御婦人を伴った父の知人に、バッタリと出喰した。その人は、秘かに女性連れの旅を楽しんでいたのだろう。僕を認識すると、かなりあわてた様子で、

「ホラ、こちらが太郎君。檀先生の息子さんの……。いつも話しているじゃないか、珍しいものを御馳走になったって」

「あー、わかったワ。お料理の先生の、檀一雄さんでしょ。雑誌でよく拝見させて頂くもの、有名な方よネー。アッ、そうそう、あなたのお父様、時々小説なんかもお書きになってらっしゃるんじゃなーい。素敵だワー」

と、紹介された御婦人はおっしゃった。料理の先生で、時々小説もお書きになる、という条りが大変愉快だったので、東京に帰ると早速、父にその話をした。すると父は、チラリとニガリきった表情を見せたが、すぐに気を取りなおして、

「ハッハッハー。嬉しいねえー。泣けてくるねえー。ホラ、オッカン。世間の人たちは認

めているんですよ！ 世界的料理人だということを、もっと敬ってくれなくっちゃあー。

そのうち、バチが当りますよ」

と、上機嫌になって母に牽制球を送っていた。

確かに、料理の先生と言われても不思議ではない。晩年の父は、朝昼晩と自分の食べるものは、必ずと言っていいほど自分で作っていた。また、客が来れば、舞いあがったようにのぼせあがり、小まめに買物に出かけては、手料理で客をもてなしていた。そして、客の喜ぶ顔をみては満足し、

「どうです、旨いものでしょう。私の作る料理は、世界を股にかけたものですからね、天下一品の筈です」

と、常日頃うそぶいていたし、雑誌の仕事で料理の企画があろうものなら、本業の原稿書きなどはそっちのけで料理を楽しんでいるという塩梅であった。

父が料理を始めたいきさつは、本書の冒頭にあるように、両親の離別によって幼い三人の妹たちの食事の世話を、いや、食事の世話ばかりではなかっただろう、その一切合財を背負うことから始まったと言っていた。要するに、父自身がまだ幼い時から、否が応でも料理をしなければ生きてはいけなかったのである。

人を招き料理をする。このことは、早くして両親と離別した、父の淋しかったであろう想いを癒す術であったに違いない。世間の人は、父のことを豪放磊落な人と評していた。

人前では浴びるように酒を飲み、くったくのない笑いをみせ、強靭な体力を誇っていたから、そう見えたのだろう。勿論、そんな豪快な一面も確かにあった。が、父は人一倍人恋しい性格であった。だから、絶えず人を招き饗宴を繰り拡げていたのであろう。言ってみれば、祭りである。この祭りが、父自身のレクイエムでもあったのだ。

こんな訳で、父が台所に立っている姿を、僕は物心がついた頃から見続けていたから、男が料理をするということに関して、何の疑問ももたなかったと言っていい。お陰でこの僕も、小学校を卒業する頃には、自然に台所に立っていたのである。もっとも僕の場合には、蜿々《えんえん》と終りのない、父の開く宴会の犠牲になり、食事の機会を常に失っていたと言っていい。酒の肴だけでは育ち盛りの子供が満足をするわけがない。必然的に、自分で食べるものは自分で調達する以外にないことを教えられたのかも知れない。

父の常套語の中に「世界を股にかけた料理人」というのがある。事実、父は一所に安住の地を見いだすことを、極端に嫌っていたようだ。父の最後の小説『火宅の人』に「いつの日にも、自分に吹き募ってくる天然の旅情にだけは、忠実でありたい」という一節がある。旅の孤独の中に自らを投じ、己自身を叱咤激励していたのであろう。だから、父は戦前戦後を問わず、中国、満洲（中国東北部）、ロシア、ヨーロッパ、アメリカ等々と世界中を歩き廻り、その土地土地に同化するかのごとく、その土地の気候風土が産み出す食物を、何のためらいもなく口にしていたようだ。そして、その旅が終るとその旅先で知った料理を、自分流に咀嚼《そしゃく》しては再現していたのである。これが、世界を股にかけた「檀流」の料理である。

こんな具合だから、わが家の台所は、父が在宅の折には天をひっくり返すような賑わいをみせていたし、また、不在の際はひっそりと静まりかえっていた。例えば、正月のように年賀の客の多いときでも、父がいないということだけで、あの賑々しさはどこにもないのである。

嵐のように去って嵐のように戻って来ると、父は台所では自分を元帥と称し、他の者はすべて三等兵と呼んでいた。三等兵に甘んじたわれわれは、致し方なく元帥閣下の命令に従わねばならないのである。野菜を刻む者、茶椀を洗う者、出来あがった料理を運ぶ者、完全に統制が敷かれているのであった。元帥の得意な仕事といえば、買い出しであったろう。いつだったたか、馬刺を食べようということに相成り、宴会の客を客間に待たせたまま、ふらりと出かけてしまった。夜になっても、翌朝になっても戻っては来ないのである。当然のことながら、客は待つことをあきらめて、三々五々と引きあげて行った。ようやくにして元帥が戻って来たのは、三日目の夜である。そのときには、馬刺はもとより、数々の山菜と山のような食糧を買い込み、その道すがら出会ったのであろう、数多《あまた》の客を引き連れての凱旋であった。新たな宴会は、またもや蜿々と夜を徹して繰り拡げられるのである。ま、ざっとこんなことが、わが父君の食に関する姿勢、いや生きる姿勢の一端であったのだろう。その父の生き様を断片的に表わしたのが本書『わが百味真髄』であり、『美味放浪記』『檀流クッキング』である。かく申すこの僕も、父の模倣としか言いようのない『新・檀流クッキング』を上梓したものの、その内容、表現力においては、遠く父の足下にも及ばないのである。が、門前の小僧の譬え通り、知らず知らずのうちに、短かろう人生の生きる喜び、食べる喜び、書く尊さをも認識させられたことは、紛れもない事実である。

師が誰であるかと問われるならば、即座に父と答えるであろう。よく父は、「世間一般では、親がなくとも子は育つ、と言うが、坂口安吾さんは、親があっても子は育つんだよ、と言っていました。あなたは私の息子です。私の目の玉の黒いうちは、あなたにどんなことだってしてあげられます。けれども、私の持ち時間は、もうないのです。残念ですねえ、何も遺《のこ》してあげられなくて」などということを、事あるごとに言っていた。そして、しばらくして父は本当にこの世を去ったのである。「何も遺さずに死んでいきますよ」と父は言っていたが、これが父の放った唯一の嘘であった。何も遺さないどころか、あまりにも大きなものを遺していったのである。その父の遺していったものは、年々光を増し、燦然と闇を照らしてくれているのである。

ブッデンブロオク家の人々 241
富有 75
プルピトス 54
火鍋子 196, 251
干しナマコ 67
ボタン鍋 23
北海シマエビ 68
ボックブルスト 205, 253
ホヤ 91, 128, 129, 130
ボルシチ 134

ま 行

丸天ウドン 59
マンボウ 130, 131, 132
万葉集 112, 122
米酒（ミーチュ） 64
三浦朱門 34
ミロ 126
麦トロ 228, 230
無腸公子 190
むなぎ 122
モーリス・シュバリエ 176
森茉莉 27

や 行

焼きアナゴ 231, 232
ヤスタイ・マハ 251
柳川鍋 122, 123, 125
山クジラ 21
山ゴボウ 9, 117, 118, 119
ヤマノイモ 226, 227, 229, 238
山之口貘 27
山葡萄のジャム 133, 136
吉田健一 161
吉行淳之介 34
ヨセ鍋 196
四ツ目柿 75

ら 行

リーヌ・ルノー 177
ルイベ 188
レッド・シュリムプ 70
蓮子湯 115, 204
ロウジ 103, 212, 214
ロースト・ビーフ 174, 177, 178, 179
ロシア漬 134

わ 行

わけのしんのす 96
渡辺喜恵子 103
渡辺はま子 203, 204
割りガユ 16, 17

團伊玖磨　110, 183
タンシチュー　161
ダンシチュー　161, 162, 163, 165
タンテル　164, 165
湯包子　201, 202, 203, 204
湯元　204
筑前煮　180
張学良　29
清水蟹　190
竹孫　117, 119, 120
月の桂　61, 62
ツクネイモ　229, 230
ツグミのハラワタの塩辛　214
ツルレイシ　144
手羽先の料理　42
テンテコ鍋　126, 127
天プラソバ　59
トウガンと干鱈の葛仕立て　144
トーマス・マン　237, 241
徳田秋声　81
土佐日記　129
年越しソバ　22, 255, 256, 259
ドブロク　63, 64, 65, 66
トモ酢　247
鶏のモツ　42
トロロ汁　228, 229, 238
冬瓜　76, 146
ドンコ汁　212, 216, 220, 221

な　行

ナガイモ　227, 229, 230
中川紀子　61, 62, 245, 246
中村貞次郎　194
中村遊廓　161, 163, 164
那須良輔　159, 192
七種ガユ　14, 18
鍋ソバ　256, 257
奈良茶ガユ　15
ナンバエビ　70, 71
ニガウリ　144
ニガゴリの酢味噌和え　144, 145, 147
ヌナワ　112
ネビキノマツ　18

は　行

抜糸山薬　230
蓮の実　114, 204
ハタハタのショッツル　109
服部良一　203
浜ボウフウ　104, 105
浜谷浩　192
哈密瓜　76
ハモン・セラノ　188, 189
林房雄　163
ハララゴ　186, 188
ピエ・ド・コション　26, 27
菱採り　113
秀吉　16, 17
火野葦平　128, 149, 237
ビフテキ　149, 150, 151, 152, 153, 161
美味求真　181
冷やしソーメン　144
ブイヤベース　46, 196
フォア・グラ　38, 39
フカのヒレ　67
福田蘭童　140, 181
フグチリ　36
フグの刺身　36
藤原義江　161
豚の足　26, 27, 28, 29, 30, 189

ガンバ 35
キヌガサダケ 119, 120
木下謙次郎 181, 182
キビナゴの海スキ 212, 215
キビナゴの鍋 216
邱永漢 67
巨峰 76
キリタンポ 200
キルシュ・バッサー 205
金瓶梅 26, 28, 29, 30
クーポール 209, 210
草野心平 19, 76, 192, 193
クラム・チャウダー 46, 47, 48
グレチネグァヤ・カーシャ 168
クヴース 156, 157
ゲンギョ 220
鯉コク 237, 239, 240, 241, 242
鯉の赤葡萄酒煮込み料理 242
鯉の筒煮 239, 240
コウギョ 220, 221
紅玉 75
コシキ 15
国光 75
コムソウダケ 119
コレット 20, 21, 25, 92
コワイイ 15

さ　行

佐伯孝夫 203
涮羊肉 251, 253
坂口安吾 9, 23, 81, 161, 239, 265
サクラ鍋 23, 79, 80, 82
サクラ肉 80, 81
鮭の温燻 174, 177, 179
佐々木栄松 88, 188
佐藤春夫 69, 185, 189, 206, 239
サバ酢 32
サボイ 174, 175, 177
三平汁 40, 189
志賀直哉 243
ジネンジョ 226, 227, 229, 230, 238
シャシュリーク 205, 249, 252, 253
ジュリエット・グレコ 176
蓴菜 111
湘桂公路 14
松露 102, 103, 104, 105
シルガユ 15
白ガユ 15
ジンギスカン鍋 249, 250, 251, 252, 253
神仙炉 196
瑞光 100
スジコ 186, 187, 188
酢ダコ 52, 53
スッポン煮 180
セリ 17, 18, 40, 42, 48, 86, 87, 197, 199, 200, 247, 252
セントラル・ステーション 48
ソバ粥 168
ソバ切り 168, 169

た　行

鯛茶漬け 140, 141, 259
大名ケンドン 169
高橋義孝 163, 164
高見順 201, 203
濁醪 62, 64
太宰治 44, 62, 106, 108, 194
立野信之 240
タピオカのプディング 178
鱈の白子 40
タルガキ 75

索　引

あ　行

アイヌネギ　87, 88, 89, 90
赤小豆ガユ　14, 18
赤西蠣太　243
芥川龍之介　69
揚げ茶ガユ　16
アゲマキのお吸い物　98
浅沼喜実　208
アサリの塩汁　44, 45
アシテビチ　27
アズキのカユ　19
安達瞳子　245
アマエビ　71
あみがさたけ　120
アメ湯　115, 155, 156
アンコウ汁　247
アンコウ鍋　61, 247
アンコウのつるし切り　243, 244, 245, 246
アントニオ・タピエス　54
飯ずし　185, 189
イカゴの黒漬け　54
イカのエビ油いため　54
イカの黒作り　54
石川五右衛門　237
石黒敬七　203
イセエビ　71, 72
磯ビラキ　94, 95
磯まき揚げトロロ　230
伊藤永之介　201, 203
イノシシ鍋　23, 24
伊波南哲　27
入れ茶ガユ　16
ウーハー　134
牛のシッポのおでん　165
ウナギメシ　125
ウマサシ　80, 81
海亀のスープ　184
エビ子入りのソバ　67
遠藤周作　34
横行将軍　190, 192
桜桃忌　109
小川軒　161, 162, 163
荻原賢次　201, 203
オコワ　15, 65
尾崎士郎　23, 81, 161, 163
オックステールのシチュー　161
オロタバ　126

か　行

烤羊肉　249, 252, 253
カキのドテ鍋　210
カキフライ　210
カサ・ブラバ　54
粕汁　40
カタガユ　15
桂ゆき子　61, 142, 240
蒲地鍋　125
ガメ煮　180
カユ柱　19
カラスグヮ　28

「わが百味真髄」中公文庫　一九八三年十一月刊を改版。

中公文庫

わが百《ひゃく》味《み》真髄《しんずい》

1983年11月10日　初版発行
2006年2月25日　改版発行
2017年2月25日　改版2刷発行

著　者　檀《だん》　一《かず》　雄《お》

発行者　大橋　善光

発行所　中央公論新社
〒100-8152　東京都千代田区大手町1-7-1
電話　販売　03-5299-1730　編集　03-5299-1890
URL http://www.chuko.co.jp/

ＤＴＰ　石田香織
印　刷　三晃印刷
製　本　小泉製本

Published by CHUOKORON-SHINSHA, INC.
Printed in Japan　ISBN4-12-204644-0 C1195

定価はカバーに表示してあります。落丁本・乱丁本はお手数ですが小社販売部宛お送り下さい。送料小社負担にてお取り替えいたします。

各書目の下段の数字はＩＳＢＮコードです。978－4－12が省略してあります。

中公文庫既刊より

た-34-5
檀流クッキング
檀　一雄
この地上で、私は買い出しほど好きな仕事はない――という著者は、人も知る文壇随一の名コック。世界中の材料を豪快に生かした傑作92種を紹介する。
204094-6

た-34-6
美味放浪記
檀　一雄
著者は美味を求めて放浪し、その土地の人々の知恵と努力を食べる。私達の食生活がいかにひ弱でマンネリ化しているかを痛感せずにはおかぬ剛毅な書。
204356-5

つ-2-12
味覚三昧
辻　嘉一
懐石料理一筋。名代の包宰、故、辻嘉一が、日本中に足を運び、古今の文献を渉猟して美味真味を探究。二百余に及ぶ日本食文化と味を談じた必読の書。
204029-8

つ-2-13
料理心得帳
辻　嘉一
茶懐石「辻留」主人の食説法。ひらめきと勘、盛りつけのセンス、よい食器とは、昔の味と今の味、季節季節の献立と心得を盛り込んだ、百六題の料理嘉言帳。
204493-7

し-15-15
味覚極楽
子母澤　寛
〝味に値無し〟――明治・大正のよき時代を生きた粋人たちが、さりげなく味覚に託して語る人生の深奥を聞書き名人でもあった著者が綴る。〈解説〉尾崎秀樹
204462-3

あ-13-6
食味風々録
阿川　弘之
生まれて初めて食べたチーズ、向田邦子との美味談義、海軍時代の食事話など、多彩な料理と交友を綴る、自叙伝的食随筆。〈巻末対談〉阿川佐和子〈解説〉奥本大三郎
206156-9

し-31-6
食味歳時記
獅子　文六
ひと月ごとに旬の美味を取り上げ、その魅力を一年分綴る表題作ほか、ユーモアとエスプリを効かせた食談を収める、食いしん坊作家の名篇。〈解説〉遠藤哲夫
206248-1